Ingratidão

Por

Gratidão

Ingratidão Por Gratidão

Suspense/ Terror/ Enigma

Voltri7

Sete,Voltri, Voltri7

*
V939

Ingratidão por Gratidão / Voltri7. — RJ 2023.

xx (180 folhas)

Biografia: Existem perguntas que são feitas a todo tempo, os maiores questionamentos da vida, esse livro tem o objetivo de trazer todas essas respostas.

ISBN - 978-65-00-61148-9.

Primeira revisão Sr. Leung Shan;
Segunda revisão Dayan Brito;
Terceira revisão Guilherme Yotan;
Diagramação Dayan Brito;
Fotógrafa Juliana Vallie;
Designer Dayan Brito;
Repaginação Guilherme Yotan;

Agradecimento Bruno, Aline, João, Cesar por incentivos mútuos, agradecimentos também a minha comunidade.
Também agradeço aos meus pais, esposa e filho que são a base fundamental de todos os fundamentos (família)

1. Ficção Brasileira; 2 Suspenses; 3. Terror; 4. Romance.
Redeis sócias: Voltri7

Ingratidão por Gratidão

Esse livro foi feito como pagamento de uma promessa.

Você pode até achar que essa história não tem a ver com você, mas isso também era o que eu achava, boa sorte...

Relatos, no exato momento que o livro estava sendo criado, várias e várias formigas rodeavam minha velha mesa de madeira; baseado em fatos reais.

REGRAS DA LEITURA
Antes de iniciar a leitura, entenda as pontuações utilizadas no livro, assim facilitara sua compreensão.

—Toda frase que tiverem travessão, significa que o personagem falará.

( ) Toda frase entre parêntese, estará descrevendo a ação do personagem tratado no momento da cena;

" " Claves serram usadas quando o personagem estará pensando, ou narrando algo inusitado que deve ter ênfase; Quando em uma cena tiver mais de 2 personagens falando ao mesmo tempo ou diálogos longos com pequeno nível de complexidade, o nome de ambos estará antes de suas falas, assim facilitando a compreensão.

Boa leitura, e boa sorte!

Conteúdo

1. EPISÓDIO: ABRIR DE OLHOS

Muitos dizem que a esperança é a última que morre, porém nesse caso ela já havia falecido. A depressão sempre foi um sinal da mais profunda tristeza, inexplicavelmente esses sentimentos acabam te fazendo gerar uma observação do mundo atual, do convívio de uma forma geral, buscando um sentido para si, o porquê da vida ser injusta mesmo que sejamos bons para com o próximo; Oliver lá tinha seus motivos para ter perdido a esperança, estava tão afundado em sentimentos e problemas inexplicáveis, que o fez estar ainda de madrugada em frente a um portão enferrujado de uma grande casa verde coberta de musgos e a única presença era de uma leve neblina que pairava o lugar; Porque Oliver estava ali? Vamos voltar ao início do pior dia de sua vida.

Desde sua mocidade procurou ser um bom filho e se atentar aos ensinamentos de seus pais, ainda quando novo teve uma infância muito difícil, até porque as outras crianças em comum pareciam ter sido educadas pelo próprio diabo, e lógico que tacar pedra em animais indefesos, assustar idosos, ou coagir crianças mais novas nunca seria seu tipo de entretenimento, contudo essas pessoas a todo tempo crescem, se formam e viram lideres, chefes e grandes empresários, Oliver em todos os trabalhos pelo qual passou, inevitavelmente foi liderado por pessoas com esses perfis; Muitos talvez não ligariam, mas para quem tem um bom coração, viver subjugado pela presença do ódio era algo difícil de suportar.

Ingratidão por Gratidão

Ao longo dos anos, trabalhou em diversas empresas, só que o azar estava ao seu lado como um bom amigo lhe abraçando, mesmo aprovado nos processos ao qual fazia; Sempre no final nunca era efetivado por motivos diferentes, essas coisas acabaram ficando comuns como as frases que sempre ouvia; um nítido exemplo disso, quando foi Jovem aprendiz em uma grande empresa nacional, no final do seu contrato ao invés de ser homologado, ganhou uma carta de indicação lhe dizendo que o aceitariam em qualquer empresa, mas para sua surpresa essa regra só não se encaixaria ali; já no exército passou em todas as etapas do recrutamento, porém no dia de saber o posto que iria servir estava escrito em seu relatório excesso de contingente; em uma passagem traumática por uma fábrica ao qual trabalhou, em todos os longos processos teve êxito, no entanto ao entregar os últimos documentos para vaga de gestor, disseram-lhe que não perceberam que era muito novo para função; e quando prestou um concurso mesmo tendo a nota mais alta, no dia de ser deferido, colocaram o nome de outra pessoa no seu lugar e não poderiam desfazer, pois esse erro custaria o emprego dos demais; Qualquer outra pessoa ficaria louca, porém Oliver se agarrava na fé que lhe foi doutrinada por seus pais, entre muitas das frases sempre guardou essa em especifico no seu coração:

> "Em tudo na vida que fizer, faça sempre o seu melhor como se fosse seu, e Deus que está em oculto lhe recompensara."

Além da recompensa nunca chegar, o tempo passou como o vento, e já em seus trinta e três anos trabalhava em um supermercado, as diversas crueldades da vida o fizeram estar ali, não que fosse indigno trabalhar em um supermercado, porém para quem procurou fazer o seu melhor a vida toda, era difícil de aceitar o abalo de tantas decepções; as mesmas, afetaram de forma grave sua saúde, os picos de pressão fizeram lesões em sua mente e acabou desenvolvendo um mau que nem pelos médicos era diagnosticado.

Os rompimentos de vasos e artérias em seu cérebro deixaram somente 30% de efetividade da sua mente, porém os únicos 30%, que a medicina conhece como lobo frontal, parte que são usadas para momento críticos de decisões importantes, até mesmo uma atípica aceleração de pensamento; Com isso acabou ganhando quase que uma habilidade de poder pensar e tomar decisões baseadas no que via, numa simples leitura comportamental das outras pessoas, porém a vida tinha que seguir, para uma pessoa pobre, a doença é algo que tem que ser lidada diariamente, pois se for fraco no dia da angústia com certeza ela te destruirá e por mais que fosse difícil nunca deixou de fazer o seu melhor.

Foi anunciado naquela noite que na manhã seguinte, haveria uma oportunidade para o cargo de gerência, já que o responsável pela vaga seria promovido; acordou cedo como de costume, era um dia tão importante, pegou o primeiro ônibus e o fato dele estar vazio era um bom sinal de sorte.

Algumas horas depois já no local de trabalho cumprimentava todos como de costume, indo ao vestiário colocou seu uniforme que sempre estava impecável, enquanto aguardava a reunião que seria feita no grande pátio, todos os funcionários já estavam presentes e bem na hora; o gerente na parte superior do pátio tinha uma visão privilegiada de todos ali, começava as formalidades; aquela velha ladainha antes de ir direto ao ponto, explicou que o gerente estaria virando diretor e sua vaga seria dada para um funcionário ali presente, seus amigos de forma discreta o cutucavam e outros faziam gestos com o rosto, pois sabiam que Oliver era o mais qualificado para essa oportunidade.

O direto desce a longa escada com seu passo viscoso, endireitando a gola de sua camisa que sacolejava seu relógio de grife, o mesmo ia em direção a Oliver, o coração do mesmo palpitava forte e tudo ali parecia estar em câmera lenta, porém o sorriso meio que sem graça, foi tirado em seguida ao ver o diretor dando a vaga para outro funcionário bem na sua frente, os funcionários batiam palmas meio que sem graça para manter a formalidade, mas para Oliver era como se comemorassem o sepultamento de seu esforço e sua dedicação.

Por que disso? era a única pergunta que vinha em sua mente, mesmo se dedicando via a oportunidade mais uma vez indo para outra pessoa, e nitidamente aquela pessoa não se encaixava nos padrões mínimos de um líder, e sua conduta dentro da empresa era uma das piores, depois da reunião pediram para que todos voltassem para suas atividades, Oliver respirou fundo tomou coragem e fazendo diferente dessa vez, preferiu ir perguntar o porquê dessa louca decisão.

Subiu a longa escada, cada passo ali parecia uma década com a mistura de sentimentos, já dentro do setor responsável se preparava para bater na porta, ela estava encostada, dando para ouviu ambos conversando, para não ser mal-educado, resolveu então esperar ali assim não interrompendo a conversa, contudo nunca pensava ouvir a verdade sobre si.

O novo diretor e Claus o diretor sênior, falavam sobre o assunto:

Novo diretor

— Posso te fazer uma pergunta? Eu conheço cada trabalhador aqui do mercado, e acho que Oliver seria o mais indicado para me substituir, pelo menos aos meus olhos!

Claus

— Meu caro, deixe-me te falar uma coisa, eu sei que Oliver é o melhor trabalhador que temos, talvez seja até o melhor dos anos em que estive aqui, intelectualmente incomum, rápido na produção, pontual, não precisa nem pedir que ele mesmo dá um jeito de resolver tudo sozinho, porém se tirarmos ele de suas atividades não conseguiremos achar outro melhor para preencher seu lugar, por isso dei a vaga para outra pessoa, sei que o substituto não é um bom funcionário, mas tudo isso é uma bela matemática, vou lhe explicar preste atenção; Essas coisas você aprendera com o tempo de trabalho, todos os outros funcionários vão ver que o rapaz que foi promovido não tem a mínima capacidade para a função, irão com isso se empenhar com esse exemplo, pois se ele com esse perfil conseguiu, todos tem uma esperança; viu como é fácil manipular a mente da parte braçal de uma empresa? (risada irônica) irão usar mais e mais energia atrás de um sonho que lhes foi criado de maneira sutil, as grandes empresas se movimentam com esses gestos, como eu disse; com tempo você aprenderá a guiar o rebanho sem muito esforço. (risos)

Novo Diretor

— Nossa! Pensando por esse lado realmente faz sentido, eu que pensava que ele poderia até mesmo tornar-se um diretor, pois potencial aquele rapaz tem, mas deixa isso para lá, estou feliz pela minha promoção.

Claus

— Exatamente como você disse e convenhamos, por todo esforço que faz, não deveria ser gerente e sim diretor, agora a concorrência nós deixamos onde está ou quer perder sua vaga?! Em?! Me diga! (mais risos deselegantes)

Ambos riam e brindavam tomando um copo de whisky, Oliver engoliu seco cada palavra que ouviu, uma forte dor sentia em seu peito, sua razão dizia para ir embora, porém a emoção acabou falando mais auto; Entrou com tudo dentro da sala, tão rápido que os funcionários foram surpreendidos ao ver Claus caindo escada a baixo, batendo com a cabeça em todos os degraus da longa escada, depois do ato com dificuldade, foge dos profissionais de segurança da empresa, a polícia já havia sido acionada; para não ser preso, buscou rapidamente em sua casa todas as suas economias que guardava há muito tempo dentro de uma mala de viagem e se esconde em um bairro terrivelmente afastado da cidade de Connecticut.

Dez anos se passaram desde o ocorrido, o mesmo continuava foragido, nesse tempo comprou e reformou um bar antigo, que ficava de costa para um longa floresta a beira de uma estrada de terra que raramente era utilizada, contudo o que estava vivendo naqueles momentos, o gosto da frustração parecia estar em sua boca, a única palavra que poderia o definir era Ingratidão, então resolver batizar o bar com esse nome colocando um grande letreiro iluminado, o lugar tinha uma mistura rústica de cenário de velho oeste com a atualidade da cidade monótona, fotos de cantores antigos na parede e outras fotografias de calamidades do mundo como fome, seca e desastres; era algo de chamar atenção, e claro a velha vitrola que era até mesmo bastante usada pelos poucos frequentadores, o piso do chão era amadeirado, a porta ainda era a mesma desde quando comprou o lugar, e todos que moravam relativamente perto sabiam quando o bar estava aberto pelos barulhos ecoados da porta enferrujada se abrindo; Os frequentadores nunca souberam seu nome, pois Oliver dava a mesma desculpa, que seu pai o batizou com um nome tão feio que preferia nem mesmo citar, como sempre estava com semblante abatido, todos começaram a o chamar de Melancolia e assim até hoje é chamado.

Com o tempo as áreas em volta da floresta foram asfaltadas, o bar ficou bem conhecido contrariando as suas expectativas e muitas pessoas viam de outros lugares para o conhecer, o local que era um refúgio para sua fuga, cada vez mais ficava perigoso com seu crescimento exponencial, pois seu bar era o único que não continha bebidas alcoólicas, todas as mesmas eram feitas de forma caseira e com grande sabor trazendo a curiosidade de muita gente ao local. Aquela noite parecia ser como qualquer outra, Oliver recebia seus clientes antigos e como um passar de tempo prestava muita atenção na vida de cada um de seus frequentadores, tinha sempre um sensação como de um toque que conseguia olhar para os seus clientes e saber se os mesmos tinham um bom caráter ou não, Oliver não conseguia explicar, isso deveria ser algum efeito de sua doença mental ou um palpite meramente intuitivo; sempre fazia leitura de seus clientes prestando atenção em cada um de maneira individual, os julgando por seus jeitos, atitudes e modo de falar, até porque ficava mais tempo no bar do que em qualquer outro lugar, o que também acabava sendo sua casa. Tudo fluía como de costume, o velho Tom sempre se sentava na mesma cadeira e pedia a mesma doze de Gin Varmodel doze anos usando a mesma piada:

— O melancolia! Mas que nome miserável foi esse que seu pai te arrumou?! Para curar esse mal, me traga duas dozes com limão bem verde (dizia com bastante ênfase enquanto passava as páginas de seu velho jornal)

O vizinho Archier já chegava bêbado no bar e fazia danças ridículas perto da vitrola tentando arrumar uma companhia para a noite, só que muitas das vezes esquecia que era casado, ou pelo menos era isso que parecia, pois a aliança estava ali em seu dedo.

O telefone quase que pré-histórico de gancho, tocava repetidas vezes:

— Alou!

— Ah!, Melancolia boa noite! Archier se encontra no bar?

— Sim! Senhora Charlotte, está dançando como sempre na vitrola.

— Meu filho, não sei mais o que fazer com ele!

— Se você quiser, eu o coloco para fora.

— Não precisa se incomodar, você é um bom rapaz, se ele não gastar essa energia aí vai acabar procurando outro lugar para se enfiar, fique de olhe nele para mim, muito obrigada.

— Ok, pode deixar.

Por causa do telefone não percebeu um carro de polícia estacionado bem à frente do seu bar, na verdade nunca a polícia esteve tão longe da parte nobre da cidade e quando se deu conta, os mesmo já estão indo em sua direção, quatro policiais com armas de grande porte seguradas por uma espécie de sinto em suas costas, passavam em meios os clientes espalhados, muitos acham estranho; outros continuavam suas conversas ignorando o fato, Oliver ao ver os policiais fica nervoso e procura ficar de costa fingindo lavar alguns copos, os mesmo se sentam nos bancos colados no balcão, pedem as bebidas mais luxuosas do bar, e reclamam por estarem sendo pressionados a achar um cara que já sumiu há mais de dez anos, pelo simples fato de ter deixado paraplégico o atual prefeito da cidade Sr. Claus, Oliver ao ouvir isso deixa um copo cair no chão:

Sargento
— Está tudo bem jovem?

Oliver
— Sim! Claro! Acabou escorregando da minha mão.

Sargento
— Aproveitando, você deve morar aqui há bastante tempo, seu bar é mega conhecido, conhece ou já ouvir falar de um rapaz chamado Oliver?
Oliver
— Não senhor, também não sou o dono, somente o barman que faz um pouco de tudo tendo essa grande responsabilidade! (dava um riso meio que sem graça ainda de costas)

Um dos outros policiais de patente inferior, pegava o tablet buscando a foto do fugitivo para ajudar Oliver a pensar melhor; claro que com passar do tempo ele deixou sua barba crescer e mudou seu penteado, mas com um prestar de atenção mais detalhado não seria difícil perceber, Oliver começa a força uma tosse parecendo ter engasgado para atordoar um pouco da atenção.

Tom dificilmente parava sua leitura, abaixou seu jornal por entre a mesa que usava, seu foco ficou totalmente voltado para os policiais analisando cada um dos senhores, até mesmo suas divisas de patente em seu ombro, sendo um sargento dos saldados e um cabo, Tom se levanta de uma só vez indo em direção ao policial que procurava pela fotografia, ao chegar coloca a mão em seu ombro:

Tom

— Senhores boa noite! Posso lhes pedir um favor? Peço para que os mesmos se retirem daqui, pois além de estarem no horário de trabalho bebendo, ainda estão impedindo que o Melancolia traga minha bebida e juro para vocês que fico bem irritado quando demoro a ser atendido!

O sargento se levanta do balcão e parece quererem peitar o velho:

Sargento

— Você deve ser um velho louco, para estar nos desacatando!

Tom puxa de dentro da camisa sua velha correntinha que sempre carrega em seu pescoço e nela um antigo distintivo do FBI, porém não era comum, bordado nas pontas e nas linhas miúdas escrito "Chefe investigador Tom Ramires Luceno".

Os policiais olham uns para os outros, em leves movimentos com a cabeça pedem desculpa e ficam tremendamente sem ação:

Tom

— Senhores vou falar novamente! Acho que se eu disser para seus superiores que estão no horário de serviço bebendo e com um pedido direto do prefeito, acho que cabeças iriam rolar! Então por favor, saiam daqui antes que eu me sente novamente em meu banco e faça uma ligação!

O Sargento resolve sair do bar sem dá uma única palavra e todos outros policiais lhe acompanham.

Oliver suava frio e se senta colocando as mãos na cabeça, e Tom vai até ele:

Oliver

— Nossa Tom! Nunca iria imaginar que você era um investigador!

Tom

— Sabe filho! O segredo muitas das vezes não é mostrar o que sabe e sim ser sem precisar mostrar.

Oliver

— Obrigado Tom! Já estava levando sua bebida.

Tom

— Relaxa! Mais uma coisa filho, trabalhei no FBI há anos e sei ver quando uma pessoa presta ou não; Se eu pudesse aconselhar alguém que se esconde, diria o seguinte: Para procurar ajuda de um psicólogo, pois assim o mesmo não teria que se preocupar porque suas ações foram levadas por um leve distúrbio momentâneo.

Após o conselho Tom enrola seu jornal, guarda seu banquinho no canto e sai, Oliver naquela noite fecha o bar mais cedo e fica refletindo como sua vida foi chegar a esse ponto, se não fosse por Tom teriam lhe encontrado, e agora não poderia mais dar mole dessa forma; Procurou pela internet alguns números de psicólogos particular, porém os valores eram altíssimos e sem falar que precisaria de um encaminhamento médico. No dia seguinte resolver abrir o bar, constantemente carros e mais carros de polícia passaram nas redondezas, era uma questão de tempo até ser preso, no término do expediente o bar já estava quase vazio, já iria ligar a mangueira para lavar o chão e acordar os clientes que acabaram dormindo por cima das mesas; Enquanto pensava se fugiria para um algum lugar tendo que recomeçar sua vida novamente, o último cliente saia, estava muito tarde, já era quase meia noite, porém enquanto fechava a porta, acompanhou da janela a boa ação de um senhor que passava por ali bem idoso, porém muito bem trajado, usando um lindo suéter de moletom, calça de couro de veludo, sapatos preto que de tão limpos refletia as estrelas nele, e também carregava uma bolsa estilo executiva da cor preta, o mesmo tinha barba branca e cabelos curtos, mas bem lisos; notoriamente se percebia possuir uma boa condição financeira, o mesmo chegava perto dos mendigos que tentavam se aquecer ao lado de um barril em chamas, para um dos mendigos que tremiam tirou seu próprio moletom de grife e lhe presenteou, o mendigo ficou tremendamente feliz, para o outro mendigo ofereceu um saco com alimentos que notoriamente tinha sido comprado para si, porém o mendigou o praguejava demostrando não querer nenhum tipo de ajuda; O gesto foi rápido, o senhor atravessa a rua seguindo seu caminho cantarolando um bela canção, por um descuido após ver as horas, deixa seu celular cair no chão e acaba não percebendo, Oliver deixa seu bar por um minuto e corre até o aparelho e sinaliza ao mesmo:

— Ei! SENHOR...! Deixou cair o seu celular!

— Nossa! Muito obrigado Jovem! Grato por sua bondade.

— Que nada, aliás eu que deveria lhe parabenizar, achei muito bonito sua atitude! Mas não ligue para o outro mendigo, visivelmente deve estar perturbado para não aceitar ajuda!

— Ah, sim...! Temos que fazer ao próximo aquilo que queremos para nós mesmos, não é verdade? Na vida sempre temos oportunidades, só não podemos cobrar ajuda que já nos foram dadas! (respondia com o semblante mais simpático que alguém poderia ver)

— O Sr. tem razão! Uma boa noite para você! (Dizia Oliver voltando para fechar a porta do bar)

— Uma pergunta filho, o bar ainda está aberto? Caso esteja tem alguma coisa que não seja alcoólica?

— Hum... Assim, talvez seja uma boa coincidência, não trabalho com nenhum tipo de bebida alcoólica (ficou sem jeito de dizer que estava fechando)

— Que maravilha! Será que eu poderia beber algo? Sei que esta tarde, mas não devo demorar, quero muito experimentar; Claro! Só vou entrar se você quiser, qualquer coisa venho em hora mais oportuna; Ah!... desculpe os maus modos, meu nome é Aflaagemo; e qual é seu?

— Hum... Sr. Aflaagemo tenho um nome estranho, prefiro que me chame pelo meu apelido do bar, Melancolia.

— Prazer Sr. Melancolia (o mesmo sorriso fixado no rosto)

Mesmo achando Aflaagemo estranho por estar vagando tarde da noite, não parecia ser uma pessoa ruim, principalmente depois da cena que viu, então concorda em deixa-lo entrar e ficar com o bar aberto por mais alguns minutos, a todo tempo Aflaagemo transparecia uma grande felicidade, após provar de um dos vinhos mais caros, demostra ter aprovado a bebida, Oliver tentava ser receptivo, mas mesmo sem querer deixava visível a preocupação com alguma coisa, o Sr. percebendo insistia para que o mesmo contasse seus problemas, dizia ser um bom ouvinte, porém Oliver não tinha como contar para um estranho que estava fugindo da polícia; então se atentou somente a explicar que precisava de ajuda psicológica e para tal era necessário um encaminhamento medico, porém a história era longa demais para explicar, Aflaagemo enquanto ouvia, tira de sua bolsa uma folha longa que se assemelhava a um envelope, escrevia nela enquanto conversavam:

— Tome! Já que me recebeu tão bem, possa ser hoje seu dia de sorte, escreva nessa parte onde deixei em branco seu nome já que não quer dizê-lo a mim, assim talvez possa dormir tranquilo essa noite (o mesmo sorriso no rosto lhe oferecia o papel com a mão estendida)

Ao pegar a folha meio curioso, tinha em mãos um encaminho médico, era difícil de acreditar que teve tamanha sorte, olha como o mundo era pequeno:

— Nossa Dr. Aflaagemo é sério?! O senhor é médico?! Muito obrigado, não tenho como agradecer! Você é especialista em qual área? Me desculpe em perguntar, fiquei curioso. (risos)

— Para um jovem que nem o nome quer dizer, deveria te deixar curioso (risos), brincadeiras à parte tenho todas as especializações clínicas, posso trabalhar em qualquer área, comecei minha carreira bem jovem e sempre tive o conhecimento que é algo muito importante.

— Nossa! Parabéns, o senhor deve ser o melhor de todos os médicos!

O Dr. se despedia, mas antes de sair deixa um cartão em cima do longo balcão:

— Filho mais uma coisa, você falou em ajuda psicológica, eu peguei esse cartão há anos atrás e só me lembrei agora quando você falou, mania minha de guardar tudo na carteira, tente ligar, quem sabe ele não possa estar atendendo; só não tenho como te dizer se o serviço é bom, até porque qualidade de um serviço, cada um entende da sua forma, abraços e até.

Oliver não conseguiu pregar os olhos, no mesmo dia ainda de madrugada por volta das 1:30 da manhã, vestiu sua jaqueta jeans favorita enquanto pedia um carro de aplicativo, queria ser o primeiro a chegar mesmo que tivesse que esperar do lado de fora, o nome da rua era Verandeking n7º endereço esse escrito no cartão, nunca tinha ouvido falar dessa rua; na verdade era as únicas coisas que tinha no cartão junto de um desenho de uma casa verde e no verso a palavra paradoxo, nem sequer um número de telefone ou e-mail, o jeito era ir até o local, não demorou até o aplicativo achar um motorista, um carro branco modelo Hatch, ao entrar o motorista lhe oferece algumas revista as levantando com sua mão direita, olhando Oliver pelo retrovisor, o mesmo dirigia em silêncio sem dar um único pio, a revista talvez fosse uma forma de entreter o passageiro, pois a viagem era um tanto quanto distante, o motorista estava receoso, era a última corrida que iria fazer; por conta do horário avançado ganharia um bom dinheiro e só por esse motivo resolveu aceitar.

Fez o trajeto em aproximadamente três horas, ambos permaneceram em silêncio por toda a viagem, talvez um pouco de insegurança de ambas as partes, já a quadras do endereço; era uma parte da cidade que nunca tinha visto, parecia mais um bairro fantasma, algumas casas aparentemente abandonadas com rachaduras; pessoas estranhas na rua olhavam para o carro o seguindo com movimento de cabeça, até mesmo uma névoa pairava ali dificultando um pouco a visão do local. O carro após dar algumas voltas na redondeza tentando encontrar o endereço, estaciona bem à frente de um grande portão antigo com musgos que cobriam toda a estrutura, pelo menos era o endereço indicado pelo GPS, o lugar era tão estranho que o motorista do aplicativo começa a fazer gesto com linguagem de sinal, o mesmo visivelmente era mudo, o questionando se realmente queria ficar sozinho ali, Oliver só conseguiu entender o que dizia, pois trabalhou com um rapaz deficiente a tempos atrás, Olive acenava com a cabeça dizendo estar tudo bem, e lógico que tinha problemas maiores para se preocupar que com isso, o motorista faz um sinal de: Tudo bem, você é quem saber!; Após ser pago não perdeu tempo em ir embora cantando pneu com o carro. Agora que já estava ali precisava ver se realmente era o lugar certo, dá uma olhada em tudo do lado de fora, então resolve chamar:

— ALGUEM EM CASA!... ALGUEM EM CASA!...
— ALGUEM EM CASA!... ALGUEM EM CASA!...

Das inúmeras vezes o silêncio misturado ao eco era sua única resposta, ao mexer no portão que se encontra trancado, porém as correntes foram colocadas com uma grande folga, havia uma possibilidade de passar pelo espaço entre os lados do portão, o lugar era tão estranho que exalava uma sensação de insegurança que o fez resolver esperar do lado de dentro, o mais prudente era pelo menos saber se estava no lugar certo, pois aparentemente o lugar estava abandonado; forçando seu corpo por entre a folga das grades e conseguindo passar com bastante dificuldade; dava alguns passos já dentro do quintal, rodeava a grande casa esverdeada de um lado a outro a procura de alguém. Inesperadamente aporta da entrada se abre em um único movimento e um velho senhor não muito alto com grandes olheiras e cabelo liso oleoso, aparentava ter por volta de uns cinquenta e poucos anos com vestimenta esquisita que mais parecia um roupão longo, gritava continuamente:

— HÁ UM LADRÃO EM MINHA RESIDÊNCIA!... MISERAVEL! POLÍCIA!!!...

— CALMA SENHOR! NÃO SOU LADRÃO, EU POSSO EXPLICAR!

— LADRÃO!!! SOCORRO!!!... POLÍCIA!! POLÍCIA!!!...

— CALMA! CALMA! Posso explicar..., procuro por um psicólogo, tenho este cartão, o senhor o conhece? Acredito estar no número certo.

O velho após entender o que estava acontecendo lhe dá um grande sermão:

— VOCÊ É MUITO OUSADO EM INVADIR MINHA CASA, O QUE QUER AQUI?!

— Preciso de ajuda, conhece o dono desse cartão ou onde posso encontrá-lo? A única coisa que tinha era esse endereço!

— Ajuda? Invadindo minha casa?... Como foi que você entrou aqui? A quer saber..., estou muito ocupado, vá embora!

— Nossa! Então é você?... Preciso de ajuda por favor, olha! Tenho até um encaminhamento médico, posso pagar pelo serviço, não sou nenhum ladrão, vou deixar encaminhamento aqui no chão para você dar uma olhada (colocando o papel lentamente no chão e dando alguns passos para trás)

— Não quero saber! Sai da minha casa ou vou chamar a polícia!

— Por favor eu insisto!

— SAI DA MINHA CASA! POLÍCIA! POLÍCIAAAAAAAA!! (gritava enquanto deu meia volta e entra em sua casa batendo fortemente a porta que chegava a sacolejar)

Oliver sabia que tinha feito errado e que passou uma péssima impressão invadindo a casa do velho ainda de madrugada, saiu de volta pela folga do portão; e ficou parado do lado de fora olhando fixamente para dentro da casa , não tinha muito o que fazer, mesmo tentando diálogo o velho simplesmente o ignorou, Oliver fica feliz por um momento; o velho saía de casa novamente, pensou que o mesmo tinha mudado de ideia, porém era somente para tranca o portão agora apertando bem as correntes, ao retornar novamente para casa batendo com força a porta. Uma forte chuva se inicia e Oliver continua estático sentado no gramado a céu aberto, não tinha uma alma viva e nem mesmo um lugar para se abrigar; então resolveu continuar ali mesmo. O velho várias vezes abria uma meia janela para ver se tinha ido embora, porém em vão, mais de uma hora haviam se passado e o senhor abre a janela mais uma vez; Oliver continuava na chuva totalmente encharcado, sentado do lado de fora do portão.

A cena acabou favorecendo a piedade do velho que resolve abrir o portão e deixá-lo entrar (o buscando com um guarda-chuva)

Ao ver o senhor abrir o portão ficou grato, o velho o olhava com uma cara esquisita meia de nojo misturado com desconfiança, porém acho que a piedade naquele momento falou mais alto, sobem uma pequena escada de madeira na frente da porta principal típica do local. Já dentro da grande casa, o lugar por dentro estava conservado apesar de antigo; era difícil não prestar atenção na quantidade de livros, escrituras e objetos estranhos por cima da mesa; as paredes continham alguns quadros surrealista e pinturas de pessoas do século XIV; e no centro um quadro em destaque, uma camisa rasgada ao meio moldurada; O mais esquisito foi ver um grande e estranho formigueiro do lado da lareira e de um jeito incomum as formigas andavam organizadas pelas laterais da casa:

— Hum... Os animais são bichos esplêndido! Não é verdade jovem ladrão?

— Já disse que não sou ladrão! (respondia enquanto se secava com a toalha que lhe foi dada sem tirar os olhos das formigas)

— Claro! Claro!..., é o que todo ladrão diz, se sente ali no banco, não roube nada! ok?! Aliás me chamo Oj, qual o seu nome?

— Ah! Sim!... Me conhecem como Melancolia.

— Além de ladro, tem um miserável apelido..., você veio aqui por ser vítima de bullying ou coisa do tipo? Quero saber nome de batismo.

— Me chamo Oliver (não poderia ficar enrolando o velho, porque já estava numa situação desfavorável e não tinha visto nenhuma televisão naquele local)

— Hum... Oliver nem é um nome tão feio assim, vamos sente-se ali!

Ambos se sentavam, Oj se esparramava em sua poltrona reclinável que mais parecia ser para seus clientes, enquanto Oliver tinha um banco duro de madeira para se acomodar, ao sentar-se bate com cotovelo em uma máquina de escrever de cor dourada e em suas teclas alguns desenhos abstratos:

— Jovem ladrão cuidado! Não quebre minhas coisas por favor!

O mesmo tirava uma ampulheta de um caixa de papelão e a virava em cima da mesa, os grãos começavam a cair:

— Pode começar, você tem até o último grão para me explicar o que está acontecendo e o porquê veio até aqui essa hora da madrugada!

Oliver não estava confortável, tinha um único objetivo (ganhar o laudo), porém procurou ser breve sem deixar passar nada importante, cada palavra que o mesmo dizia soava todo seu sentimento envolvido, mesmo tendo que resumir tantos acontecimentos em poucos minutos, era um momento de desabafar que nunca teve, assim aproveitou para botar para fora tudo aquilo que sentia..., e quem melhor do que um psicólogos para entender isso; Explicou minuciosamente todo ocorrido e com riqueza de detalhes, fala sobre a tristeza de ter sido usado inúmeras vezes e sequer teve uma oportunidade de mostrar aquilo que realmente nasceu para fazer (liderar), os julgamentos de quem olha de fora, parece ser uma pessoa que nunca se empenhou na vida, mas como explicar anos de sofrimento e de dedicação em vão em uma rápida conversa? Ficar doente e mesmo assim ter que trabalhar sem ter o direito de se tratar, porque quando você procura por ajuda as pessoas zombam, pois diminuem sua dor; como se o que você estivesse passando era algo casual; quando fez exames procurando saber o que tinha, sempre o resultado dava em que estava em perfeitas condições, então soava para as pessoas que era só um mal estar momentâneo.

São anos de esforço e de luta, sendo o melhor em tudo que fazia e por ser bom como ironia era punido, pois os demais tem medo de perder seus cargos, isso chegava a ser irônico, as vezes me se sentia louco e esse também foi um dos principais motivos de estar de madrugada pedindo ajuda, mesmo pelos diversos empregos pelo ao qual passou, sua única recompensa foi sua cabeça a prêmio misturado com problemas de saúde; a infinita mare de azar constante, no meio de suas palavras não conseguia entender por que a vida era fácil para alguns e difícil para outros; Por que muitas das vezes os maus sobrepõe aos bons? Será que algum dia teremos justiça por tudo que acontece? Oliver nunca tinha conversado com alguém a respeito de sua fé, contou ser filho de pais conservadores que lhe ensinaram a ter fé que Deus estaria cuidando, mas isso nunca aconteceu, Deus está muito ocupado para ajudar quem realmente precisa; O tempo passava rápido e o ultimo grão de areia cai.

Após a última frase, Oj levanta o óculos de leitura que tinha colocado no rosto e o coloca encima da cabeça, coçando a mesma próximo a testa dizendo:

— Sabe Oliver, o que é azar para alguns pode ser visto como aprendizado para outros, as vezes as direções precisam ser essas mesmas para que você possa absorver o melhor de si, toda vida tem de seus mistérios.

Oliver

— Mistérios? Ser explorado?! Olha o que minha vida se tornou! Foi tão rápido que quando percebi o diretor já estava caindo pelas escadas e depois disso minha vida virou de cabeça para baixo, depois de anos ele vira o prefeito da cidade e manda me caçar como animal, imagina pelo o que eu já passei em todo tempo da minha vida, agora sou um fugitivo, só te contei isso porque não tenho mais alternativa; cada suor derramado em vão, ver o olhar em casa que não consegui algo melhor, como se a culpa fosse minha, como se eu não fosse um bom profissional, e por sempre e sempre essas mesmas pessoas ruins de coração, consegue lugares acima de quem realmente merece ou de quem realmente nasceu para isso e ainda interferem na vida de outros dessa forma simplesmente por ser bom, isso não tem explicação, não consigo entender isso, agora estou aqui esperando, precisando de um laudo para não ser preso;

— Sabe Oj..., não estou reclamando e nem mesmo murmurando, mas daria tudo para entender; mas que medidas são essa que Deus faz? Como pode uma pessoa nascer filho de um mendigo e outro nasce filho de um rei? Onde está a medida nisso? Eu sempre fui o mais esforçado e o melhor em dedicação, as pessoas viam isso e nunca fui soberbo, sempre procurei tentar ser o mais humilde possível, mas esperava o reconhecimento pelo meu trabalho ou no mínimo que alguém me notassem, nunca fui um cara arrogante nem mesmo metido o prepotente, porém sempre as coisas são dadas para pessoas bizarras, aquelas que estragam o mundo; como vou conseguir entender isso? Meu pai me ensinava desde pequeno que era importante ter fé, mas eu que faço o certo pareço o errado na versão da vida, acho que nem sei mais se ainda acredito no que aprendi, vivemos a nossa própria sorte, hoje não tenho mais meus pais e ambos definharão por não ter dinheiro para pagar um tratamento digno, com certeza se eu tivesse uma melhor condição financeira eles não teriam sofrido tanto, e mesmo em seus últimos momentos continuavam com a esperança, eu assisti tudo sem poder fazer nada e tragicamente hoje resíduo num bar; que ironia! (dizia procurando segurar o choro por entre as palavras)

Oliver colocava para fora todo sentimento que vinha guardando desde muito tempo e não se atenta que o último grão da ampulheta já havia caído; Oj prestava atenção em tudo que o mesmo dizia, as palavras de uma certa forma incomodaram profundamente e conseguiu perceber que não teria como o ajudá-lo, pois seus problemas não eram tão simples de se resolver e quem depois de aposentado gostaria de gastar sua energia num desconhecido:

— Oliver nosso tempo termina, infelizmente não posso te ajudar com o que deseja, espero que tenha sorte, vou lhe acompanhar até a porta, mas desejo que possa se resolver.

Ingratidão por Gratidão

Oj abre a porta mesmo com a densa chuva, Oliver estava tão decepcionado com mais isso que ao ouvir não tardou em sair; A palavras do velho soavam como todos os nãos que recebeu sem motivo ao longo de sua jornada e pior; vindo de um psicólogo que deveria no mínimo o entender e tentar ajuda-lo, desolado e com raiva na chuva resmungava sozinho enquanto se lembrou que o portão estava trancado; Oj foi logo atrás para abrir o portão e tentou correr para evitar de se molhar muito. Ao descer escorrega nos degraus quase caindo no chão, porém ao olhar de relance para baixo vendo o encaminhamento jogado no chão que mesmo estando debaixo da forte chuva sequer tinha sido danificado, Oj o pegava em mãos..., o papel estava completamente seco, a água não traspassava aquele papel:

— ESPERE! ESPERA RAPAZ! QUEM LHE DEU ESSE PAPEL?! (gritava por entre o forte som da chuva)

Oliver
— QUE PAPEL?! (respondia olhando para trás de frente ao portão)

— ESSE AQUI?! (Levantava o mesmo)

— FOI UM MÉDICO QUE MANDOU LHE PROCURAR!! FAÇA O FAVOR DE ABRIR O PORTÃO QUE QUERO IR EMBORA!!

— MÉDICO?! VAMOS ENTRAR RAPAZ! PERDOE MEUS MAUS MODOS! (o abraçando com a mão em seu ombro e o fazendo retornar para casa meio que forçado)

Oliver estava ensopado dos pés à cabeça tremendo de frio e terrivelmente incomodado com toda essa situação, Oj olhava minunciosamente a folha, ambos retornavam para dentro da casa, a chuva estava forte como nunca antes; as gotas respingavam dentro da casa até mesmo por debaixo da porta; O papel foi inserido na estranha máquina, a mesma tocava como uma caixinha de música, o som de piano antigo soava como as canções de ninar, porém vendo daquele ângulo a chuva, o velho e a máquina; Era um clima estranho, Oliver estava incomodado com tudo isso, até mesmo se perguntava por que veio, normalmente consegue sentir se as pessoas eram boas ou ruins só de olhar, mas com esse velho não dava para saber, acabou perdendo o raciocínio ao ouvir uma pergunta:

— Pois bem! Veja se estou certo? Quer um atestado de incapacidade para que a polícia veja que sofre de algum distúrbio e que assim não seja preso?... Pois bem! Mas como um profissional te digo que realmente teremos que iniciar um tratamento assim para dar veracidade ao documento e ter constado que realizou o procedimento completo;

— Sabe a muito tempo eu não trabalho; na verdade essa vida de aposentado já me satisfaz, você é um tanto quanto diferente, conseguiu deixar claro que Deus havia errado com você, essa sua frase me lembrou alguém e simplesmente por esse móvito me convenceu.

Oj datilografava um texto usando a esquisita máquina, era estranho ver aquele homem escrevendo com tamanha precisão mesmo que em cada tecla só existisse símbolos enigmáticos, com certeza sabia o que estava fazendo, após rápidos segundos entrega a folha em mãos para Oliver e explica do que se tratava:

— Este é um contrato de serviço, se concorda assine em baixo com essa caneta nas partes pontilhadas, assim feito o coloque nesse envelope dourado e o feche com a fita.

Quem não ficaria fadigado com tanta loucura, era mais estranho Oj mudar de ideia de uma hora para outra, porém, sua cabeça já estava cheia de problemas, procurou logo assinar o contrato e se quer prestou atenção nas perigosas linhas pontilhadas:

"De maneira nenhuma entregue este contrato para ninguém após assinalo; nunca o perca; toda a responsabilidade sobre este contrato está em suas mãos; assine nas linhas pontilhadas se aceita o PARADOXO. "

Ao assinar, Oliver devolvia a caneta que lhe foi oferecida e junto dela o contrato colocado dentro do envelope dourado, Oj logo o advertia com tamanha rispidez:

— Você com certeza é o mais burro que eu já conheci! OLHA O QUE VOCÊ FEZ!

— O que fiz agora? Desde que cheguei você só fica me ofendendo! Já te expliquei tudo e mesmo assim me expulsa de sua casa, e agora me manda entrar novamente, mais e mais ofensas; quer saber de uma coisa, cansei disso! Vou embora, abra o portão!

— Eles já chegaram..., não irei abrir o portão, se eu fosse você, não sairia (Oj espiava entre as janelas de forma cautelosa)

— Não vai abrir velho maluco? Eu dou meu jeito. (sussurrou)

Ingratidão por Gratidão

Pelo jeito que o velho disse a porta estava trancada, então esperou que o mesmo trocasse de janela ao espiar, em uma distração Oliver empurra a parte de madeira da janela para cima e tenta atravessa-la de uma só vez, porém ainda estava com a metade do corpo para fora, Oj corre e chegou estranhamente rápido o segurando pela perna, dizendo que era louco de sair; Oliver por ser mais forte reluta para sair, assim conseguindo escorregar para fora, Oj fecha a janela e olha para fora pela metade da cortina; como tudo isso era esquisito, era melhor voltar para casa e procurar um psicólogo normal. A chuva de vento era horrível, não tinha lugar algum para se proteger e nem mesmo debaixo do telhado, foi até o portão enquanto tentava a qualquer custo o abrir por conta própria, forçava as grades vendo se as correntes folgariam um pouco, mesmo com muita força era inútil; o portão além de pesado estava ensopado, as correntes escorregaram de suas mãos, alguém gritava desesperado pela rua, e logo a voz baixa que se soava estava cada vez mais próxima, Oliver inclina a cabeça tentando ter uma melhor visão, por entre a chuva um homem corria pelas ruas cambaleando, caindo e se levantando inúmeras vezes tentando continuar correndo, mas nitidamente estava exausto, os gritos de socorro saiam fracos e roucos:

— Alguém!... Por favor alguém!...

Oliver

— Senhor o que está havendo? (Dizia quando o homem caía mais uma vez na frente da casa)

— Você consegue me ver? Graças a Deus! Deixe-me entrar rápido, por favor eles estão vindo! (segurava as grades colando seu rosto quase por entre elas)

Oliver

— Por que não conseguiria ver o Senhor? Está tudo bem, eu não tenho a chave, espera um minuto, vou pedir o dono para abrir.

— O dono? Você também assinou? ME DEIXE ENTRAR!... ME DEIXE ENTRAR!... NÃO DARÁ TEMPO!... (gritando de forma aterrorizante sacudindo as grades do portão enquanto chorava se ajoelhando)

— Eu não sabia...

Oliver

— Senhor calma! Fique calmo que vou lhe ajudar.

— EU O PERDI! NÃO CONSIGO MAIS ACHAR! (olhando de forma desesperada para os lados)
— Eles estão aqui...

O homem saía cambaleando da frente do portão e some por entre a neblina e a chuva, Oliver ficou assustado e ao mesmo tempo compadecido com a cena; nunca viu tamanho desespero no olhar de uma pessoa, como não conhecia ninguém por ali, voltar para avisar Oj o que tinha acontecido, não tinha nesse momento muita opção:
"Mas será que era a mesma pessoa que Oj estava falando? Pode ser bandido que rouba nesse horário; Talvez ele estivesse tentando me ajudar e se esse homem for um vizinho com problemas mentas que fugiu?"

Enquanto tentava achar um sentido para isso, voltava para casa e a porta estava encostada, mas assim que entrou ela se fecha aparentemente sozinha fazendo um estrondoso barulho, um longo ruído como de borbulhas ao mesmo momento entoava e centenas de formigas começavam a sair do estranho formigueiro da sala, Oj não estava no local:

— Mas que loucura é essa? (inclinando sua cabeça por cima de seu ombro)

Mais e mais formigas saiam aos montes tomando já o chão do local, forçava a porta para abrir, porém a mesma não se mexia, tamanha força que fez que acabou arrancando a maçaneta, Oliver corre em direção as janelas, as formigas começam a subir em suas mãos e o mesmo se debatia para tentar enxota-las, porém era inútil, era impossível ir até a porta agora, pois as mesmas já tinha coberto toda ela em segundos; Alguns cristais de cor esverdeada cresciam do chão destruindo o piso da casa; o mesmo corre por dentro do lugar de cômodo a cômodo sem paradeiro, as formigas eram tantas que já cobriam as paredes e todo o lugar estava ficando escuro. Desce uma escada curva entrando numa espécie de porão, Oj estava sentado de cabeça baixa com roupas sacerdotais, ao direcionar seu olhar para Oliver seus olhos tinham uma tonalidade que se diversificava com a pouca luz, pois começavam a cobrir até mesmo as lâmpadas; as formigas já estavam cobrindo cada canto da última parede, os cristais estavam chegando entre as paredes e diminuiu o espaço da casa, até que Oj faz alguns movimentos com as mãos abrindo um portal que tinha aparência de um estranho espelho mil vezes iluminado, tragava tudo brutamente arrancando os pisos de madeira da casa e todos os objetos a sua volta; inclusive Oliver.

O mesmo adormecido em seu bar estava, sentado no banco e com seu rosto inclinado no balcão, ao ouvir batidas repetidas não tardou em despertar do repentino sono, pulou do banco passando as mãos com desespero no corpo, coçou seus olhos e não entendeu muito bem o que estava acontecendo, ao ver o copo que serviu o Dr. Aflaagemo ali encima do balcão; ao assimilar forçadamente rápido, dava graças a Deus por tudo isso ter sido um louco sonho, tão real que seu coração ainda pulsava forte, o cartão que tinha ganhado estava ali encima da mesa:

"Mas que pesadelo maluco. "

As batidas continuaram, era um dos mendigos batendo na porta incessantemente junto com um badalar de um pequeno sino, era melhor olhar o que se tratava, deu passos curtos e ao chegar à porta, atende o mesmo sem abri-la:

— Pronto! (Oliver repara que tinha um cachorro afagando as patas em seu tapete da entrada com um pequeno sino amarrado em sua coleira)

— Queria saber se você tem algumas sobras de comida, não é para mim, é para meu amigo que está com vergonha de pedir, eu nem estou com fome, ele aceita também bebidas, vinhos e coisas do tipo; Claro! As que não queria mais!

— Seu amigo cachorro? Ele quer bebidas?

— Não jovem, meu amigo Bill, ali deitado entre os papelões (apontava para outro lado da rua) esse cachorro parou aqui do meu lado; feio demais né!?

"Como um mendigo todo sujo com cabelo embaraçado quer falar de alguém sem notar a si mesmo?" (Pensava enquanto olhava para o cachorro)

Foi fácil perceber pela instabilidade que estava dando alguns passos em falso para um lado e para o outro, e que o mesmo só queria sustentar seu vício na bebida, mas tentou isso no lugar errado, Oliver procurou logo enxotá-lo por não ter aceitado a comida que o médico ofereceu:

— Olha! não tenho nada a ver com isso, mas acho que você poderia ter aceitado aquele lanche que o Sr. lhe ofereceu e ter dado para seu amigo.

— Lanche? Quase agora? Hoje ninguém nos ofereceu nada! A rua estava vazia mais do que de costume (tossia catarreando no chão)

— Claro! Claro! Infelizmente não tenho como ajudá-lo (Oliver fingia bocejar virando-se de costa)

"Deve estar sob efeito de heroína ou coisa do tipo" (Oliver surrava bem baixinho falando com sigo mesmo) Só não esperava que o mendigo fosse ouvir:

— Fique sabendo que eu não uso mais nenhum tipo de droga! Quero dizer, já tem mais de três semanas! Isso é um bom tempo não é verdade?! Mais tempo sóbrio do que meu pai e minha mãe em toda vida.

Descontente o mesmo saiu praguejando a descendência de Oliver atravessando a rodovia..., já do outro lado acendeu um latão de aço com jornal para se aquecer, deitou perto de seu amigo cobrindo-se com um cobertor, Oliver ficou até meio sensibilizado pelas palavras do mendigo, mas já tinha dito, palavras lançadas não voltam vazias, então resolve se distrair brincando com animal. O velho cachorro não era dos mais bonitos, uma pele suja e murcha, a vida havia maltratado aquele animal severamente, o cachorro começava a latir:

Ingratidão por Gratidão

— Oi amiguinho! O que está fazendo aí sozinho? Vou ver se há algo para você comer, espera só um minuto (dizia Oliver por entre a porta).

Foi até seu freezer e pegou algumas sobras de petiscos os esquentando no micro-ondas; já com os alimentos em mãos, agachando-se lhe dava pela pequena portinhola transparente, preferiu não abrir a porta, pois o mesmo poderia entrar e querer ficar lá dentro. Acabou estranhando um jornal no chão, normalmente são entregues pelo horário da manhã, mas como já tinha pego de hoje o ignorou; nesse mesmo momento ainda agachado consegue ver pela portinhola a correntinha no pescoço do cão escrita (oiras-revida) e logo satiriza o animal que comia sossegado:

— Hum... Seu nome é Oiras revida! (risos), seu dono deve achar que você é um cão protetor, mas tão maguinho assim, não dá para morder ninguém em! (ria sozinho)

— Oliver acha engraçado zombar do nome do cachorro! Sendo que ele deixa as pessoas te chamarem de Melancolia! (Dizia Oj aparecendo sentado em uma das cadeiras do bar coladas ao balcão)

Oliver chega a se sentar virado de costa para a porta e de frente para Oj, ao vê-lo fica extático, fecha e abre os olhos inúmeras vezes achando que isso só poderia ser um sonho; Oj continuava no mesmo lugar esperando que entendesse logo que tudo era real, porém com medo tenta expurgá-lo cantando músicas religiosas que aprendeu em sua infância, levantando os dedos fazendo sinal de crucifixo:

— Oliver que tipo de música é essa que está cantando?

— SAIA DAQUI SATANAS! EU TE REPRIENDO!... (Oliver cantava hinos do hinário cristão)

— Meu caro, já fui chamado de muitas coisas nessa vida, agora de satanás te digo que foi a primeira vez, não sei por que está incomodado, acho que era você que invadia a casa das pessoas sem avisar! (os olhos de Oj emitiam um brilho estranho e voltavam a cor original enquanto falava)

Foi difícil assimilar tudo de uma só vez, a reação de ver algo sobrenatural, ficou em um estado de medo pelo desconhecido, abria a porta da loja e assim correndo para rua sem paradeiro, não percebeu que o contrato que estava em sua jaqueta caiu no chão, não foi muito longe e já estava se sentindo muito mal como se estivesse congelando, todo seu corpo ficava pálido instantaneamente, sentindo cada vez mais frio, ao ponto de não conseguir dar passos com segurança, se aproxima com muito esforço perto dos mendigo e para ao lado do latão em chamas, porém, era como se o frio fosse interno e de nada adiantou tentar se aquecer, uma chuva fina começa a cair, mas com bastante intensidade e na floresta atrás de seu bar alguns vultos se movimentavam por entre as folhagens, um estranho assovio era ouvindo distantemente, por entre as árvores saía um homem de terno quadrúpede, seu semblante era o mais medonho que alguém poderia ver, bizarramente caminhava como um cachorro farejando o solo com a cabeça inclina para cima e Oliver vendo a cena.

Naquele momento só poderia ser uma disforme alucinação, o homem continuava a se aproximar farejando, Oliver tentava corre, mas não conseguia caindo no chão, se levantou e caiu novamente, era desesperador ver aquilo chegando cada vez mais perto, não tendo mobilidade para fugir, resolveu se arrastar em direção ao seu bar; o único lugar iluminado. O homem chega perto dos mendigos que ali dormiam, ao farejar bem de perto do Bill o mendigo, a alma do mesmo surgia como se estiver descolando de seu corpo, porém o mendigo abria os olhos e os mesmos começavam a ficar negros enquanto sua alma era tragada, o homem quadrúpede parava de fareja-lo e o deixava; a visão do mendigo retornava a sua normalidade e com isso sua alma retornava ao corpo. Oliver estava com muito frio e tremia compulsivamente, virou de barriga para cima esfregando seus braços na tentativa de se aquecer; o homem quadrúpede continua a farejar indo em sua direção e dessa vez o alcançou, subia por cima do mesmo o farejando, nesse exato momento quando estavam cara a cara, Oliver percebe que era o mesmo senhor que pediu ajuda na frente do grande portão, seus olhos estavam grudados como se tivessem passado um ferro quente em seus olhos, farejava Oliver algumas vezes, porém a alma do mesmo não saia do corpo, foi quando homem deu um berro alto desorientador e da floresta outros berros do mesmo tipo eram soados.

Surgem muitos outros homens galopantes estando todos de terno e seus semblantes de ódio, agonia e olhos queimados farejando todo o lugar. O pastor André Adams da igreja evangélica local, cumpria sua promessa após perder para os jovens músicos de sua igreja em um duelo de canto de notas agudas, os três jovens no carro estavam loucos para conhecer o tão famoso bar sem bebida alcoólica, o pastor não achou nada demais os levar ali, até porque era curioso; Ao virar seu carro para esquerda no final do cruzamento, o limpa vidros estava a todo vapor, tentando melhorar sua visão da chuva, com mais o vento forte dificultava um pouco a visibilidade, mas nada que o atrapalhe-se de continuar, o mesmo estranha pois o dia estava aparamente sem previsão de chuva, comentou o mesmo com os demais dentro do carro, olhava pela janela a distância que uma casa tinha das outras, realmente um lugar bem distinto, deu uma conferida para ver se a rota estava certa, pois um bar famoso numa localidade tão afastada da cidade era raro. Ao longe vê um brilho no final da rua, o GPS indicava que estava a segundos do local; até que conseguiu ver o bar entre a densa neblina, o contrato tinha sido empurrado pelo vento e estava bem no meio da estrada, os homens quadrúpedes estavam se aproximando do contrato; Adams para seu carro bem do lado do papel e não enxerga os inúmeros homens quadrúpedes que se aproximavam:

— Pastor, por que paramos? O bar está logo ali, dá para ver a placa daqui escrito Ingratidão.

— Só um minuto jovem! (saindo de seu carro abaixando e pegando o contrato do chão)

Os homens quadrúpedes rangiam para Adams que não os via mesmo estando bem a sua frente em quase todo o lugar, ao tocar no contrato conseguiu ver Oliver caído no chão e estranhou não o ter visto antes, correndo para o ajudar estava a quase vinte passos de distância, o homem quadrúpede saia de cima de Oliver ao sentir o Pastor chegando e o rodeavam, porém não conseguia o farejar, parece que seu faros ficaram confusos, todas as criaturas voltavam para dentro da floresta e outros sumiam em meio a neblina:

— Olá! O rapaz está ferido? (dizia Adams olhando que Oliver tremia compulsivamente)

Oliver consegue com dificuldade apontar para as criaturas, porém Adams sequer as via, na verdade nem mesmo os jovens que saiam do carro e foram ver o que estava acontecendo, já que a porta do bar estava aberta resolveram levar o mesmo para dentro a pedirem ajudar, sem saber que o estabelecimento era do próprio, sua pele começa a perder a palidez e seus calafrios diminuíam exponencialmente, em poucos segundos já se sentia bem:

— Rapaz o que aconteceu? A chuva está tão turva que poderia ter sido atropelado por um descuido, mas Deus é bom (Adams dizia o ajudando a se sentar)

— Você não viu aquele homem em cima de mim? Ou sei lá o que era aquilo!

— Homem? Tem certeza de que está se sentindo bem? Deseja que eu o leve ao médico?

Oj estava sentado no balcão dando um meio sorriso debochado, Oliver ainda estava atordoado e o confrontava:

— Seu desgraçado! O que é você?

— Nossa! Que vocabulário chulo, sou pastor de uma igreja somente tentando ajudar, não há necessidade de me xingar! (responde Adams descontente)

— Não estou falando com você, estou falando com ele ali! (apontava para Oj que continuava de forma bizarra e invisível para os demais, e com mesmo sorriso debochado)

Os jovens se olhavam uns para os outros e um deles cutuca o pastor fazendo um sinal como se levasse um copo de bebida a boca imitando um semblante de embriagues, o pastor logo entendeu que com certeza as lendas de ser um bar não alcoólico eram mentiras, até por quê; se os terríveis clientes alcoolizados ficavam jogados no chão a céu aberto vendo alucinações, não era um lugar para pessoas de bons costumes e valores:

— Jovens vamos embora! Esse senhor já está bem.

Antes de sair, os jovens riam ironicamente, porém tentavam disfarçar ao saírem, o velho cachorro ali deitado tranquilamente recebia afago e carinho dos mesmos, o cachorro se agradava da atenção; Adams pega a chave do carro e antes de sair tira o contrato do Oliver e o joga na lixeira perto do balcão, ambos entram no carro e voltam a seu caminho.

2. EPISÓDIO: A CONSTRUÇÃO

Oliver se levanta fecha a tranca da porta com medo de alguma coisa entrar ali e fica calado Olhando Oj sem saber o que fazer ao certo, ir lá fora não era mais uma opção, já eram quase 18h50 o bar costumava ficar aberto por volta das 19h, Archier seu vizinho de proximidade era sempre o primeiro a chegar, pois já vinha de outros bares mais distantes e nesse horário já estaria ali, porém quem apareceu foi sua esposa Senhora Charlote, antes que a mesma adentrasse, um estranho relógio que nunca esteve ali, pendurado na parede no centro do balcão principal, seu formato lembrava uma estrela com muitas pontas, e nitidamente foi forjado com mesmo tipo de cristal que cresceu pela casa de Oj, o mesmo tocava uma única vez como um forte badalo que se assimilava os relógios antigos de monastério, marcando exatas 19h, a porta do bar se abre sozinha arrancando tranca que a segura, Charlote leva um susto pois a porta quase pega em seu rosto dando um pulo para trás instintivo, mais chegou à conclusão que só poderia ser o vento, o carro do pastor acabava de sair, Oliver ao vê-la já dentro do local gesticulava que estava com visita e não poderia atendê-la, que voltasse em outra hora mais oportuna, como o mesmo costumava falar com seus clientes de forma educada e não viu ninguém ali, ficou meio confusa se estava brincando ou falando sério e pelo horário os clientes já iriam começar a chegar, ficou parada próximo a porta principal vendo Oliver falar sozinho sussurrando, não dava para ouvir o que dizia se sentou em um dos bancos próximo encostados as janelas pensando em aguarda um pouco mesmo achando estranho o seu comportamento, Oliver poderia estar orando antes de começar os trabalhos, pensava a mesma tentando formular sentido para aquilo;

Oliver buscava diálogo com Oj:

— Por que as pessoas não te veem? fiquei maluco ou será que morri? estou pagando pelos meus pecados; o que você quer?

— Oliver uma coisa de cada vez, a pergunta certa seria; como assinas algo sem ler? sua assinatura para mim é como uma palavra irrefutável ou prometes coisas que não cumpris? mais enfim não á tempo para perder, tendo muito menos tempo agora, preste atenção no que te digo, você tem a feia maneira de agir por impulso a vida toda observava as pessoas em seu bar parecendo que tudo é simples dê-se resolver; então agora terá essa oportunidade, não era o que queria! Você está morrendo lentamente, esse lugar está no meio de tudo entre o ser e não ser, consegue ver o que os outros não vem, porém tudo aqui é real, tanto para você quanto para os outros (Oj aparece como um piscar de olhos ao seu lado)

— Estou morrendo?

— Oliver meu caro, você desde a infância tem sucumbido lentamente, a doença cardíaca que você nunca encontrou resposta, poderá encontrar as respostas que precisa aqui, pois todos os exames que fez sempre davam que sua saúde estava em perfeita condições não é verdade? — A vida te fez piorar para o quadro do mais avançado estágio, até sua mente parece querer descanso sem poder, faça tudo que te disser, quem sabe não haja tempo.

— E se eu não conseguir fazer o que você quer?

Ao longe se ouvia um grito de agonia e desespero que cessava como se recebesse um último golpe de misericórdia:

— O que é isso Oj? (dizia Olive enquanto olhava para Charlote que não demostrava ter ouvido nada)

— A pergunta certa não seria o que eu quero mais sim o que você precisa, ah sim esse som, mais um que com certeza teve a mesma atitude que está tendo agora!

(Oj pegava uma formiga que estava no chão e a mesma andava pelo seu corpo)

Enquanto conversavam Charlote resolve ir até ele pois estava com pressa, muitos carros começavam a manobrar e encontrar um bom lugar para estacionar, já eram mais de 19:10 o bar nunca atrasou seu horário:

— Oliver desculpe incomodar? Mais preciso te fazer uma pergunta, viu Archier? (dizia a mesma com semblante triste, e continuava a não notar a presença de Oj local)

— Não estou num bom momento, volte mais tarde!

— Mais ...

— NÃO ESTOU NUM BOM MOMENTO, VOLTE MAIS TARDE!

A senhora charlote se assusta com o tom da resposta, Oliver sempre foi um rapaz agradável; Magoada sai rápido da mesma forma que entrou, no instante que a mesma passa pela porta, a parte superior do bar se rasga como se o teto tivesse se quebrando ao meio, surgindo uma fenda de concreto e até mesmo as pontas das vigas de ferro pareciam uma espinha dorsal o som era similar a um desabamento, deixando o ambiente estranho, porém nenhum poeira sequer caiu no chão e ao mesmo tempo que tudo acontecia Oliver cai no chão colando a mão no peito, era a pior dor que sentiu em toda sua vida, chegou a derrubar os copos enquanto caia tentando se segurar no balcão.

OJ

— Está bem jovem? (dizia sem mostrar comoção alguma)

Oliver

— O que está acontecendo comigo (Colocando a mão na garganta suspirando com uma absurda falta de ar)

Ao mesmo tempo que estava caído sentido fortíssimas dores uma áurea escura como a noite surgia junto com vento forte, lentamente de forma leve, trazendo uma sensação de se arrepiar, até o cachorro do lado de fora percebeu o clima pesado e ficou andando de um lado para outro, sussurros horripilantes que saiam da mata vinham surgiam junto com ela;

OJ

— Vou te explicar toda vez que você não resolver os problemas das pessoas que te procurarem pedindo por ajuda, mesmo que essa ajuda não seja de forma clara e direta, sua doença avançara até que uma hora você chegara em seu fim, também não poderá sair do seu bar, é o único lugar aonde estará seguro, pois a uma barreira que o protege mesmo que ela não seja visível ao seus olhos, o único detalhe que a mesma pode ser rompida e pelo jeito isso já começou (olhando para a grande rachadura na laje) Se suas ações forem erradas, eles te encontraram, cada vez que resolver um problema te darei isso

(Oj segura uma garrafa de café é coloca um pouco no copo) essa bebida aquecera seu corpo por um tempo para que possa sair do lado de fora aonde encontra o antídoto para seus problemas que esta adoecido, mais uma coisa aonde quer que vá não perca seu contrato! acho que isso já ficou claro, se eles tiverem seu contrato significa que poderão te tragar, mais uma coisa o que tens de mais importante está jogando fora (apontando para lixeira)

Oliver se ergue e se recompunha aos poucos das dores no peito que diminuíam e a neblina desaparecia de forma gradativa:
Oliver
— Como vou saber o que tenho que fazer? (Ainda com pequena dor contínua no peito)

OJ
— Seguir seus instintos já é um princípio, e mais uma coisa, perceba os sinais que estão em toda parte, (Oj soltava a pequena formiga no chão)

Os clientes começavam a entrar, muitos já conheciam o lugar outros visitavam pela primeira vez e mais carros e carros chegando, Oliver não tinha muitas opções a fazer, Oj sinalizava para que atendesse as pessoas, o mesmo vai até a lixeira e pega seu contrato, a partir desse momento tinha que prestar atenção nos sinais que OJ sinalizava, ficou claro que não estava tendo alucinações e que nem mesmo se passava de um sonho mesmo que no fundo quisesse pensar dessa forma, depois de tudo que viu e ouviu era difícil agir com normalidade perto das pessoas, o mesmo demostrava em seu semblante como se tivesse tomado dos mais fortes remédios controlados, os visitantes se admiravam da grande rachadura no local e o que poderia ser estranho começou a ser admirado como uma decoração proposital, alguns até diziam – Nossa! Que da hora esse lugar tem muito estilo, como os novos frequentadores tinham gostado, os velhos não queriam sair por baixo e relevaram a grande rachadura, mesmo achando um tanto quanto estranho, muitos outros não tardaram em usar a velha vitrola, até mesmo fazendo fila para a mesma e a primeira música escolhida da noite foi uma canção erudita de um pianista solo, era de mexer na alma de quem a ouvisse em alto e bom som, outros comentavam sobre o barman estar o com cabelo bagunçado e sujo, mas poderia ser algo inusitado como todo o lugar, cada um dos clientes tiravam suas conclusões, outros já se assentavam nos bancos grudados ao balcão escolhendo seus pedidos no meni que estavam encima das mesas, O Bar não tinha sido limpo para receber as pessoas, estranho que o longo balcão estava arrumado segundos antes tinham vários copos sujo ali, até mesmo os copos quebrados não estavam mais no chão, algumas formigas do lado de dentro do balcão levavam os resto das louças sujas e os vestígios de vidro, para cozinha de maneira sutil sem chamar atenção de quem estava ali.

(Oj sussurrava em seu ouvido)
— A momentos que ajuda pode vir de lugares que você menospreza, agora coloca teu Bar em ordem! (imitava os movimentos do pianista no mesmo ritmo da música fingindo tocar em cima do balcão)

Os pedidos não paravam de chegar, já estava acostumado a trabalhar sozinho pois a vida toda nas empresas ao qual passou, vivia funções de outras pessoas mesmo sem receber nada por isso, porém a fama de seu bar nunca esteve em tamanho auge estando lotado com as pessoas quase esbarravam umas nas outras, e olha que o lugar era grande com algumas antessalas, Oliver procurava entender o que significava os sinais e a forma que encarava as pessoas de cima a baixo as faziam ficar um tanto quanto incomodadas, um senhor bem idoso daqueles que parecia que a bengala faz parte de sua anatomia, barba longa e branca que lembrava os motoqueiros dos anos 2000 braços branco e enrugado, peso provável beirando os 80 quilos adentrava com algumas cartolinas brancas enroladas nas mãos, sua roupa de operário estava suja é na cabeça um capacete de obra amarelo , passava pela porta com um pouco de dificuldade mediante as coisas que trazia com sigo, cinco homens que estavam ali bebendo e azarando de forma desonrosa as mulheres do bar, ao vê-lo se cutucavam, um dos demais deixa o pé esticado de forma proposital, todos do salão veem o velho cair de joelhos com seus papeis jogados para alto, ao contrário de receber ajuda a maioria das pessoas só riam e faziam caras de deboche e outras ignoravam, Oliver atordoado com sua atenção procurando os sinais, mais a cena o deixou bem irritado ao ponto de ficar encarando os mesmo de maneira brusca e os homens também o encaravam com o olhar por cima dos ombros, porém naquele momento era mais importante um mínimo de compaixão, o velho se levou sozinho antes que Oliver puder lhe ajudar, sem graça procurou logo pegar seus papeis e sentar na primeira mesa do canto, colocando todas as cartolinas encima da mesa, só ao sentar percebe que o capacete ainda estava em sua cabeça o retirando, Oliver se compadecia com tudo isso levando para o mesmo uma das melhores bebidas da casa tentando amenizar a situação:

— Essa é por cortesia, está tudo bem? se machucou? (colocando o copo em cima da mesa)

— Assim... estou obrigado, sou meio desengonçado mesmo (timidamente provava da bebida)

— O senhor não é desengonçado! as pessoas que parecem ter perdido um pouco da humanidade nesse lugar, aqui está o meni quando quiser só fazer seu pedido, e peço desculpa pelas pessoas que visitam esse local, eu realmente não tenho muito controle de quem entra e sai;

— Há! que isso tudo bem, eu conheço eles são os engenheiros da empresa Odnum, os donos das mansões no início da grande rodovia, eles ficam sempre me zombando porque faço bicos de construção reformando pequenas casas e claro sem os equipamentos necessários, o acabamento das obras ficam bem simples perto do que fazem, eles têm grandes maquinários e inúmeros funcionários.

— E acham que por isso tem direito de tratar as pessoas assim!

— Sabe, eu precisava tanto do trabalhar para trazer alimento para os meus filhos que nem esquento com as zoações contínuas desses rapazes;

Enquanto conversavam, mais pessoas gesticulavam querendo fazer pedidos, Oliver não podia destoar atenção além da sua importante procura pelos sinais, ao se virar de costa voltando para o balcão escuta o velho senhor falando com uma formiga com todo cuidado que estava encima de seus documentos:

— Olha você não pode ficar aqui em, me deixa te ajudar! retirando a mesma com pedaço de papel a deixando no canto da parede)

Oliver ficou intrigado se esse poderia ser o sinal, então resolveu sentar-se à mesa com o velho senhor, isso deixou as pessoas irritadas e resmungando ao fundo de um péssimo atendimento, alguns até mesmo xingavam dizendo — Se o Barman está cansado vá para casa dormir, mesmo assim Oliver tentava ignorar os demais;

— Se incomoda deu descansar alguns minutos aqui com senhor?

— Claro que não! você é muito agradável, assim só tenho medo de você se prejudicar, seu chefe não vai ligar de você estar descansando com a casa lotada? aquelas pessoas estão parecendo bem irritadas.

— Eu sou o dono do Bar, deixa elas procurarem o dono para reclamar (confirmado a frase como uma piscada de olho)

Oj saía da cozinha que era acoplada na lateral do bar tendo uma porta de correr, como normalmente em lanchonetes com o terno que usava clássico dos casamentos de gala e por cima um avental branco tão limpo que quase refletia as pessoas, trousse petiscos a mesa onde estava os dois, ao colocar a bandeja em cima da mesa o senhor logo se pronunciou:

— Nossa! os garçons daqui tem alto padrão hem?

— Chefe trouxe as degustações que pediu (Oj com longo sorriso irônico)

Oliver não esperava que o velho pudesse ver Oj na verdade um dos frequentadores do bar catucou reclamando da demora no atendimento, Oj pedia desculpa as pessoas, todos estava conseguindo o ver, pois as mulheres da frente faziam sinal que queriam mais bebida levantando as comandas na mão;

Oj

— Chefe com licença, vou atender o restante das pessoas (Seu olhar tangia um brilho rápido como uma lâmpada de 100 Watts antes de sair)

Oliver

— Você também viu? (Oliver surrava baixinho se inclinando para frente)

Velho

— Vi o que? seu garçom? Sim..., muito bem uniformizado! Claro, achei muito bacana esse lance do terno diferente, incomum se assim posso dizer.

Oliver

— Não isso! nos olhos dele?

Velho

— Não! estavam sujos de remela? Os meus as vezes ficam porque eu acordo muito cedo sabe.

Oliver coçava a cabeça incomodado, era difícil de se acostumar com tudo isso sendo poucas suas opções tendo certeza em ajudar o velho com alguma coisa, perguntou sobre sua vida o velho se apresentava como Tormento, seu pai tinha escolhido esse péssimo nome por causa das inúmeras chuvas no período de outono que inundavam sua casa antes de seu nascimento, Oliver ficou reflexivo com nome, tentou não rir mesmo que o sorriso ficasse exprimido no canto da boca, o Sr. Tormento perguntava porquê da risada, Oliver se apresentava como Melancolia; e ambos gargalhavam porque seus nomes eram Bizarros, Sr. Tormento relatava estar desempregado há algum tempo, mas era o melhor adestrador de animais da região e claro se existisse outro riu ironicamente, herdou isso também de seu pai, mas estava difícil de arranjar serviço já que o zoológico foi fechado há anos, então desempregado sem muitas opções começou a vender o que podia achar pelo solo e aceitar o trabalho de agricultor, vendendo algumas frutas para tirar um extra e também fazendo bicos na área de construção civil, era de onde conseguia tirar o alimento para abastecer sua casa, o único problema que com tempo acabou pegando gosto pelas coisas e os anos passaram-se rápido, quando percebeu há idade avançou demais para se fazer outra coisa ironizava Tormento salivando um pouco por causa da dentadura de péssima qualidade:

Tormento

— Sabe..., era tudo aqui pelas bandas tranquilo e calmo, porém eles estão tão gananciosos em enriquecer a custo de tudo destruindo as matas eu tenho total conhecimento da região, vi cada parte daqui, nem existia essa estrada mesmo e olha agora, pessoas de longe vem ver seu Bar, nada contra é claro porém olha o risco, sou o mais velho daqui, já avisei que a represa pode romper a qualquer momento tamanha a quantidade de escavação que estão fazendo no solo, sinto isso pelos animais que toda noite saem correndo das matas como se tivessem visto demônios, mas ninguém acredita em mim, na verdade até me escarnecem, eu só queria um jeito de proteger as pessoas só isso, queria que eles tivessem um pouco de respeito pelo meu conhecimento de anos, mas ninguém respeita um velho pobre que não serve para muita coisa (dizia se sentindo desvalorizado)

Ingratidão por Gratidão

Se Oliver contasse que há uma grande probabilidade de os animais terem visto as mesmas criaturas que ele ou sabe se lá Deus o que era aquelas coisas, poderia soar como deboche, mais aquele olhar de desvalorização, Oliver sabia muito bem como era na pele, colando a mão esquerda no queixo, pensou e pensou... enquanto rapidamente analisava toda a situação os projetos desenhados a mão eram de alguém que tinha amor pelo o que fazia, lhe propor algo: — vamos construir a maior e mais forte barricada, se eles não querem te ouvir vamos estar prontos para quando ela se romper, Oliver inflava em Tormento o desejo de acreditar em si mesmo, claro que seu objetivo era somente de ajudar o velho, para conseguir um pouco da tal essência do bule de café, Oliver desenhava de maneira caseira um modelo de barreira que ele deveria fazer colocando as medidas no papel e o pede para fazer o orçamento, Tormento levantou da cadeira motivado, até seu semblante parecia um quanto mais animado, um desconhecido acreditando no seu potencial seria um jeito de protesto de toda gracinha que já ouviu durante todos esses anos, enquanto tentava ganhar a vida, juntou tudo e saiu pela porta, Oliver estava feliz por ter feito certo mas no exato momento que Tormento passa pela porta, boa parte das luzes do bar estouram e ao mesmo tempo somente algumas que ainda não funcionavam piscando com a iluminação baixa deixando o lugar como uma Dark rave, a dor no peito de Oliver aumenta fortemente o fazendo cair por cima da mesa jogando os petiscos no chão, somente algumas pessoas o viram cair devido a iluminação a maioria das pessoas achava que aquilo fazia parte do lugar como se tudo estivesse sido combinado, Oliver foi levado pelos demais do bar e colocado sentando perto do balcão principal, o mesmo se revirava de dor, conseguiram encontrar o Barman no meio do escuro, Oj ao chegar dizia para as pessoas que estava tudo bem.

— Não se preocupem, as luzes têm o momento certo de ficarem assim, é para deixar como se o bar tivesse vivo (falava tentando tranquilizar os clientes) toda vez nessa parte do espetáculo, ele se assusta com o escuro, sua pressão baixou deve ser alguma fobia ou coisa do tipo! (fazia um meio sorrio com a boca fechada)

Os demais mesmo achando aceitavam o que Oj dizia e o bar ficava mais interessante para os visitantes por esses pontos visuais, a pedido do mesmo o levaram a cozinha e lá o deixaram, Oj fica junto de Oliver o encarando com muita imparcialidade, pegou a garrafa de café, encheu o copo e deu na mão de Oliver o pedindo para beber:

— Tome aqui um gole e se sentira melhor.

Porém ao tentar beber mesmo sem força nos braços, só percebe que o copo estava vazio ao encostalo na boca e com pouca força ao falar.
Oliver
— Não tem nada aqui! (com a voz baixa entrevada, sussurrava)
OJ
— Sua ajuda foi como essa garrafa de café, aparentemente parece cheia, pois ao manuseá-la percebe no final e somente no final que está vazia, não adianta encher as pessoas com o que você não tem, o efeito é nulo, se quer uma ação de verdade viva de verdade, a boa ação camuflada é trapaça e não ajuda, se não tem intenção de vencer a corrida não corra!

Oliver só conseguia ouvir naquele momento que o teste parecia ser mais complexo do que aparentava, a dor que antes pequena em seu peito estava maior se assim podia dizer, nesse exato momento, além das dúvidas as preocupações começaram a surgiu, o que aconteceria com sigo, se não conseguisse ajudar essas pessoas com o que elas queriam; (enquanto se recompunha lentamente) sua fala voltou gradativamente conseguindo sair da cozinha e retomou seu trabalho que era a única coisa que tinha a fazer, todos já estavam servidos e a hora passou rápido, quando já eram 00h30; Oliver recolhia as cadeiras que não eram grudadas ao balcão e as colocava encima das mesas os clientes mais inconvenientes percebiam que o bar já iria fechar e resmungando saiam de um a um, os últimos clientes foram os mesmos que derrubaram o velho, estavam do lado de fora conversando bem na frente da rodovia próximos ao seus carros, um deles até mesmo jogou uma lata na cabeça dos mendigos que sempre dormiam no mesmo lugar do outro lado da pista na frente do bar encostados numa cabana improvisada, junto com restos de pneus velhos e latas recicláveis, Oliver arrumava tudo dentro do bar, as luzes que antes piscavam voltaram a funcionas mais as queimadas literalmente teriam que ser jogadas fora, viu por entre o vidro da porta principal o rabo do cachorro balançando e lembrou de dar as sobras do dia para o bichano, não podia deixar de ajudar todos a sua volta, o benefício era para seu próprio bem, chamou o cachorro batendo no vidro e assoviando, colocou o prato de comida pela portinhola, enquanto o cachorro comia uma picape 4x4 em alta velocidade saia da estrada e freava dando um cavalo de pau fazendo a terra flutuar se dispersando no ar, saiu do carro um homem estranho usando coturno, óculos escuro mesmo estando de noite sua camisa verde musgo grafitada, calça jeans com grande rasgado no joelho, as mulheres que estavam dentro do carro, descem em seguida só podiam ser prostitutas pelas vestimentas que usavam, todas com roupas menores que seu próprio corpo, que ao darem passos tinham que puxar o pequeno pedaço de saia para cobrir o que mesmo tentando não seria coberto, as luzes do bar ainda estavam acesa inclusive a do letreiro bem forte que iluminava parte da rodovia, o homem de óculos escuro cumprimentava os demais que estavam do lado de fora, por estar tarde da noite e os mesmo falavam em alto em bom tom foi fácil ouvir a conversa mesmo estando do outro lado da rua.

— Porr$#! te ligamos desde cedo e você não atende (dizia um dos homens da construtora)

— Estava escolhendo as melhores meninas da região para nossa festinha particular. deem só uma olhada no produto (dizia homem de óculos puxando uma das meninas pelo braço que aparentava não gostar do tratamento) — vamos lá meninas tomar uma bebida antes dos trabalhos

— O bar acabou de fechar (Um dos homens engravato respondia)

— Pera um momento noia, vou falar com responsável do lugar, essas belas damas têm direito a uma bebida, como que o cliente mais importante chegou e não vai ser atendido, deixem comigo (todos atravessavam a rodovia indo em direção ao Bar)

Oliver conseguiu ouvir nitidamente a conversa pelo eco da rua e procurou descer as persianas internas de todas as janelas, apagando quase todas as lâmpadas indo de disjuntor em disjuntor, porém não deu tempo quando viu que o homem já estava na porta, Oliver corre e coloca o pé travando a mesma, mas o homem de óculos conseguiu passar os dedos por entre a porta que não estava trancada e ambos faziam força para lados opostos:

— Boa noite, o bar está fechado (dizia Oliver tentando fechar a portar)

— Como assim amigo? a porta não está trancada vai acabar machucando a minha mão.

— Então é melhor você tirar ela daí! (dizia Oliver não se importando com as consequências)

— Hui..., o melhor cliente está sendo expulso! (um dos demais dizia incitando ainda mais a situação dando risadas)

— Meu caro, temos muito dinheiro para gastar, só estamos querendo usufruir (tentando fazer mais força para que a porta fosse aberta)

— Vou falar mais uma vez, o bar está fechado! (apertando a mão do homem entre a porta e parede)

O mesmo tirava os dedos quase que espremidos ficando enfurecido.

— Aí... Seu desgraçado! você vai abrir essa merda por bem ou por mal.

Homem corre até sua picape pegando um taco de beisebol, gesticulando os braços como se alongasse para uma partida, o segurando firme dava golpes batendo nas partes de madeira do local as danificando em pequenos pedaços, os outros homens gargalhavam incitando mais ainda a confusão, Oiras parava de comer e latia continuamente, o homem não parava dando mais e mais golpes fortes, até chegar nas janelas que eram resistentes e mesmo batendo contra elas as mesmas se quer eram arranhadas, e isso o irava mais ainda, os seus amigos perguntavam se ele estava com fome, já que o dano dos golpes não eram eficazes o suficiente e também arremessavam garrafas de vinhos que estavam no lixo perto dos mesmos.

Oj estava atras de Oliver e não se intrometia, (Oliver gritava)
— SAIA DAQUI! SAIAAAAA! ESTOU TE AVISANDO, É MELHOR PARA VOCÊ!

Oliver irado abandona a porta por um segundo e rapidamente, passou a mão na maior faca da cozinha e no mesmo pulo já ia abrir a porta, porém lembrou que se saísse de seu bar aconteceria tudo novamente.

Tamanha as tentativas de gerar dano ao bar frustradas, então resolver apelar, foi na parte de trás de sua picape enrolou um pano e com resto de cerveja encharcou o mesmo ateando fogo em seu bastão; O que Oliver deveria fazer não podia colocar os pés para fora e também não podia deixar seu bar ser queimado, os outros homens já achavam exagero, mas não podiam recuar já que tinham incentivado toda a situação:

— Que isso cara! para com isso! (um dos demais da construtora tomar coragem para dizer)

— Estão com medinho!? Começamos isso aqui vamos e até o fim! (o homem de óculos acenava encostando nas partes de madeira enquanto jogava restos de cerveja no piso da entrada, e também no cachorro que não foi poupado) quando o homem de óculos para bem em frente da porta á ater fogo na entrada, Oj coloca a cara no vidro e olha o homem nos olhos por entre porta principal, fala com uma voz de autoridade;

— SAIM DAQUI AGORA! (a voz morfologia trazia a sensação de um relâmpago)

Até mesmo o cachorro que latia fica em silêncio, o homem de óculos fica sem ação e aparentemente com medo joga o bastão em direção a estrada, chamando os demais que também estavam meio que paralisados a ir embora com as meninas, Oliver ainda com a faca em mão a coloca em cima da mesa e agradece a ajuda.

— Obrigado (tentava se acalmar)

— Oliver, á momento que uma guerra pode ser evitada com uma frase de autoridade.

O mesmo estava grato pela ajuda, em sequência leva um susto ao se virar para fechar a última persiana da porta principal, enquanto todos caminhavam até seus carros uma velha cadavérica que se assemelhava a uma bruxa dos contos mais aterrorizastes de cabelos brancos mortos, surgia entre eles, suas roupas negras como o mais terrível eclipse flutuavam no ar, a mesma os acompanhava, seus os olhos amarelos de coloração suja como a doença de pulmões mais vil, sua cabeça em alguns momentos se contorcia como instintivo sinais de uma possessão, então desaparece na medida que os carros se afastavam do local:

— Oj que foi aquilo! uma bruxa?

— Meu caro ladrão, acha que somente você é aconselhado todos os dias? o paradoxo é muito mais do que consegue ver, chame o que viu do que quiser. (dizia por cima dos latidos constantes do cachorro que voltou a latir talvez por também ter conseguido ver a criatura bizarra que apareceu)

Oj foi até uma das janelas laterais.
— Saia daqui bicho feio do inferno! dá para cala a boca!?

O cachorro rosnava assim que o viu, todos os animais eram sensíveis aquilo que tange ao desconhecido.

Oliver já estava ficando fadigado de tudo isso, seu emocional e psicológico sendo afetados, fora sua saúde que nunca esteve em bom estado, naquele momento decidiu não mais se assustar e tentar lidar como se tudo fosse normal ou acabaria pirando com tudo isso.

.

— Deixa o cachorro em paz, ele não está te fazendo nada.

— Esse latido incessante é irritante, mais olha o assassino de insetos, também ladrão invasor de propriedades privadas e agora virou advogado dos indefesos, olha a sujeira que esse bicho tá fazendo aqui fora, quer saber, só posso ajudar quem quer ajuda, não um fedelho covarde; — AI! AI! AI! Oj! Olha Oj uma bruxa, encare seus problemas como homem, tem momentos da vida que você não terá ninguém para te ajudar, se tiver medo o seu medo te consumirá mais se for forte ai sim conseguira passar por cima de tudo aquilo que não tem controle, a única coisa que pode controlar é você mesmo, não era simples e agora na hora de provar suas qualidades pestaneja a cada medo que lhe aparece, suas ações agora são suas, não vou interferir em mais nada. (Oj se direcionava ao corredor principal próximo da cozinha)

— Claro! é fácil para você falar quem está vivendo isso sou eu, maldita hora que fui lhe procurar para me ajudar — HAAAAAAA demônio!

(Oliver dá um longo grito ensandecido juntamente puxando alguns tufos de cabelo da cabeça, num rápido movimento arremessa um enfeite de mesa na parede que por milímetros não acerta em Oj)

A reação de Oj ao ver objeto se espatifando na parede foi quase instantânea, transforma seu corpo em uma armadura iguais dos contos de guerreiro da idade média, uma espada de fogo flamejante de cor azul como as nuvens surge em sua mão, sendo fixamente empunhada, seus olhos estavam totalmente iluminados e o Elmo fechava o dorso de sua cabeça que fumegavam para fora e com uma mesma voz relampejante diz em alto em bom tom (CONTINUE!)

— Não brinque comigo garoto!

Oliver tentou não se surpreender com o que via mesmo sendo difícil, era o momento de encarar essa realidade que estava vivendo firmando os olhos de maneira encorajadora e ficou em posição de luta levantando os punhos como um exímio boxeador, claro que era nítido que de nada isso iria adiantar, mais foi o suficiente para Oj voltava a sua forma que parecia ser a original, até isso era difícil ter certeza, tirava o avental por cima do terno que ainda usava e se dirigia para a cozinha uma infinita leva de centenas de formiga descia das janelas e o acompanhavam, foi nítido perceber que por causa disso as janelas não foram estouradas quando aquele lunático batia com o taco, estavam fazendo uma espécie de bloqueio, não foi possível as ver porque estavam debaixo das persianas já baixadas, foi um único momento que percebeu que talvez Oj só estivesse tentando o ajudar, o cão ainda latia, Oliver fazia sinal para o velho animal se acalmar e o mesmo parava de latir parecendo entender.

— Calma, Calma amigo também está sendo difícil para mim tanto quanto é para você, eu também não gosto dele, mas estou preso aqui, pelo menos você é livre fique tranquilo espero que esteja confortável, pode ficar o tempo que quiser ele não vai te incomodar, só procure não fazer bagunça ok!?
(tentava se desconectar de tamanha loucura conversando com animal por entre a pequena portinhola)

O cachorro se enrolava num pano velhos e deitava sua cabeça por cima de sua patas, em seguida Oliver resolveu arrumar o bar que já eram quase de 4h da manhã, troca o dia pela noite já era normal até mesmo antes do Paradoxo, as 4h da manhã a porta se fecha sozinha fazendo um brusco barulho, tentava manter a calma e entender o porquê disso, a porta se abriu as 19h e as 4h se fecha, era melhor perguntar para Oj na próxima oportunidade que tiver, resolveu arrumar as coisa até que pudesse voltar seu sono, levou os lixos para cozinha depois de alguns minutos finalmente o bar estava limpo organizado, tudo para que ficasse limpo para o próximo expediente, o mesmo subir para parte de cima do Bar aonde ficava seu quarto e pelo cansaço, deslumbrando pela pequena janela quadriculava tudo lá fora, não poder sair e estar preso era uma angústia como uma cadeia de portas abertas, algumas luzes vinham debaixo forte como pequenos clarões amarelos que refletiam nas paredes de seu quarto, a curiosidade o fez dar passos leves e colou só a cabeça por entre a escada OJ tinha um estranho livro de capa preta ele comia uma das folhas do livro e seu corpo exalava poder grandioso, algumas palavras até mesmo flutuavam por entre o lugar, as mesma entravam em sua mente, Oliver quis olhar mais de perto porém o barulho que o degrau fez, tirou a concertação de Oj que desvio seu olhar para o mesmo com olhos brancos e iluminados, Olive corre rápido, entra em seu pequeno banheiro que tinha em seu quarto, lava o rosto e fala sozinho com sigo mesmo.

"Como eu vim parar aqui? Deus não sei se você está
me ouvindo, ou se estou sendo castigado se morri e
estou no inferno, mas eu só queria que isso parasse"

O mesmo volta e se sentava em sua cama.

Oj subia a pequena escada com uma prateleira contendo pão e mel, via o Olhar desolado de Oliver deslumbrando pela pequena janela que quadriculava tudo lá fora, não poder sair e estar preso era uma angústia como uma cadeia de portas abertas.

— Toma jovem ladrão, te trousse algo para comer, anime-se (OJ fazendo aviãozinho com a mão encostando no canto da boca de Oliver)

— Para! Para ! Para! você deve ser engraçado, acho que já estou até me acostumando de ter ficado maluco (só um instante que falava uma pequena formiga morde sua mão)

— Ai Ai Ai... que Diabos! (coçando o lugar da mordida)

Ingratidão por Gratidão

— Nossa Oliver você gosta mesmo de pronunciar esses nomes exotéricos, viu não está num sonho, a mordida te ajuda a pensar, muitas das vezes a dor é nosso melhor remédio para focarmos no que realmente se precisa, mas vamos lá anime-se um pouco, sua vida que estar em risco, não vai adiantar nada ficar me espionando (OJ sentava junto na beira da cama enquanto continua seu relato)   —Primeira coisa a se aprender é que nada se faz sozinho e que não sou seu inimigo, ainda mesmo que pareça, vamos fazem as pazes (fazia outro aviãozinho com a comida tentando encostar em sua boca) desculpe a brincadeira de agora em diante te ajudarei em tudo que fizer, mais as escolhas e ações serão somente sua, te darei o direito de me fazer 3 pergunta chamados de os 3 porquês e independente de qualquer coisa as responderei, mais escolha suas perguntas com sabedoria pois só responderei a elas, descanse um pouco:

Oliver

— Está bom, então te farei a primeira pergunta por qual motivo as pessoas não te viram, mais depois no bar sim, eu não consigo entender aquelas criaturas que me atacaram do lado de fora, só eu estava vendo e sentindo, o que significa isso.

Oj

— Meu caro somente os seres mais fortes podem ser vistos, eles não me viam por que eu não queria que eles me vissem (dando uma leve batidinha em sua perna e se levantando) nem vou descontar essa pergunta dos porquês.

Oliver

— Tá certo, não tenho muito o que fazer não é verdade? só queria dormir um pouco mais não consigo.

OJ

— A então durma!

Oj assopra um leve vento no rosto de Oliver e o mesmo adormece instantemente.

3. EPISÓDIO: O DONO

As horas se passavam, quando se está exausto psicologicamente seu sono foi tão profundo quanto o restos de um navio afundado no mar, Ao longe outros gritos suavam e sessavam de forma amedrontadora, dormir poderia ter sido um erro, pois tempo era algo que sempre lhe era avisado para não desperdiçar, porém Oliver necessitava desse descanso, gritos ao longe eram ecoados e cessados quase imediatamente, as coisas não estavam bem, tudo era inseguro, Oliver sentia uma leve sensação em seu rosto subindo para sua testa, acabou acordando por reflexo, pondo a mão na testa uma formiga andava pelo seu rosto, procurou coloca-la com jeitinho no chão para não feri-la, poderia ser alguma mensagem, a mesma descia lentamente pelas escadas, antes de descer resolveu tomar o café que estava ali os pães de mel que mais pareciam bolinhos de queijo, tinham um bom cheiro e ao prova-los nunca comeu algo tão bom e prazeroso, tão gostosos que até sua dor no peito parecia ter sido esquecida, um som forte de caixas sendo colocadas de forma bruscas no chão, alguém pede obrigado e sai batendo a porta, Oliver pela pequena janela percebe que o entregador que sempre trazia os produtos para confecção de suas bebidas uma vez ao mês, tinha acabado de sair, desce correndo pelas escadas e quase cai por cima das caixas que estava empilhadas no caminho.

— Boa noite Oliver dormiu bem? Se eu não tivesse mandado te acorda! Confira se todas suas encomendas estão de acordo (dizia enquanto amarrava o avental por cima de seu terno que sempre estava impecável)

— Mas pagou ele? (Oliver tirava as caixas do caminho conferindo uma a uma)

— Olha ele não entrou então coloquei tudo para dentro, com ajuda é claro já que nunca fazemos nada sozinho na vida, agora essa tranca da sua porta sempre esteve com problemas, já passou da hora de resolver concertá-la, deixei sua caixa registradora do lado de fora, ele até achou estanho, vi ele mexendo, só não sei se pegou somente o necessário ou mais.

— Caramba, você podia ter dado o dinheiro para ele!

— Está me achando com cara de administrador ou de empregado? vou te exigir um contrato de trabalho, quer assinar outro contrato? (o olhava com a mesma cara de insanidade psicológica)

Ao dizer contrato Oliver até esquece de conferir a caixa registradora e coloca a mão em sua jaqueta e lá estava o papel dourado, sua cor era mais reluzente lembrava até mesmo uma barra de ouro, guardou o mesmo em sua jaqueta e foi organizar as mercadorias e como sempre a cozinha estava toda organizada, porém agora sem a presença de nenhuma formiga era difícil de acostuma quando as mesmas aparecem do nada, foi até os disjuntores e ligou o grande letreiro, as letras escritas ingratidão chamavam atenção até mesmo de quem passa a quilômetros de distância da rodovia, pontualmente o Bar se abre e já tinha muitos carros, motos e caminhões de diferentes marcas e modelos do que da última vez, eram tantas pessoas que faziam fila para entrar que o lugar mesmo grande começava a ficar sem espaço, Oliver percebeu que teria que começar a utilizar as outras salas que estavam trancadas e nunca foram usadas como ambiente, Oj era tão bom atendendo que seu jeito de falar convencia as pessoas a se decidirem rápido do que beber ou petiscar, ao passar por Oliver sussurra em seu ouvido — seus trabalhos começam agora a próxima pessoa que você ver e tiver algum tipo de laço será sua missão;

Sabe-se lá o que Oj queria dizer com isso, mas quase em seguida o Sr. Archie estava na fila com uma sacola plástica e dentro dela era visível uma garrafa de Gin, Oliver não esquenta que ele trouxesse sua própria bebida até porque já tinha falado inúmeras vezes e seria somente dor de cabeça ter que repetir as regras do bar, como Archie era seu cliente antigo isso poderia ser o vínculo que Oj dizia e perder oportunidade lhe traria consequências e como já sabia disso foi rápido em agir, Archie dava passos leves conforme as pessoas iam entrando e se acomodando pelo local, Olive instantaneamente lembra de avisar dona Charlotte e pensava se a mesma ia querer fala consigo depois da grosseria que fez, e então pega o telefone e resolver deixar o aviso na caixa de mensagem.

— Senhora Charlotte aqui é o Melancolia olha desculpe pelo dia de ontem, estava com alguns problemas aqui, mais nada justifica não ter lhe dado a devida atenção, caso queira saber Archie está aqui no bar.

Ao desligar o telefone ficou estarrecido, Archier tinha entrado sem cambalear, dando passos normais e se acomodava no mesmo lugar de sempre, perto da antiga vitrola, pelo menos Oliver sempre achou que o mesmo entrava bêbado, mas nunca deu tanta importância ao fato do que agora, a música que estava sendo tocada era estranha porém o espaço era para todos, o estranho era um alcoólatra nato como uma profissão não estar embriagado; O único jeito foi ir até Archier e pergunta se gostaria de alguma coisa, ao cumprimenta-lo disse que sua Charlotte tinha lhe procurado outro dia, foi nítido perceber que ao chegar perto do mesmo estava mais cambaleante até mesmo simulava encosta nas paredes como apoio, começando a mesma dança ridícula porém a música que mais se assimilava a um concerto romântico não combinava nada com seus passos de dança corpo a corpo, que aliás eram ridiculamente vergonhosas:

— Ela já veio aqui hoje melancolia? se já veio estou de saída (Tossindo muito ao falar e com tom de embriaguez mantendo o ritmo com a garrafa de Gin em sua mão)
" Achei que ele não estivesse bêbado"

— Hoje não Sr. Archie, senti sua falta ontem, você é sempre o primeiro a chegar.

— Não precisa de mim, tem muitos clientes aqui, olha quantos e quantas pessoas (cambaleando e acenando para as garotas que passavam o ignorando)

— Sr Archie eu avisei que estava aqui hoje, achei ela meio preocupada da última vez.

Foi notória ver o semblante de Archie ao se entristecer ao escutar que sua esposa estava preocupada, porém como um homem experiente disfarçou de uma forma serena, mas Oliver conhecia os olhares de tristeza e os sentimentos amordaçados dentro de si, nisso tinha muita experiência se assim podia dizer, enquanto isso a pequena fila da vitrola não andava porque um homem de 1,85m gerava transtorno, seus braços eram generosamente comportados com físico que se assemelhava ao campeão de levantamento de pesos norte-americano, sua grande e volumosa barriga se assentava entre as dobras da camisa de poliéster cinza que com muito sacrifício estava sendo segurada pela calça que choravam para manter os botões sem que os mesmo voassem, perto do umbigo uma marca de suor nojenta e na nuca reluzia como se tivesse passado lustradores de moveis do início ao fim de sua cabeça. Somente 8 pessoas ainda ficavam na fila, porém só reclamavam de forma sussurrada já que ninguém tinha coragem de dizer para ele que sua vez já tinha passado, a música que o mesmo colou um Metalcore que não dava para entender com nitidez o que era dito como se o cantor tivesse com algum tipo doença na garganta, a música extremamente alta incomodava até mesmo quem estava conversando do lado de fora, e as palavras que davam para se ouvir falavam de coisas sobre morte genocídio e espancamento sem ter um devido motivo, Archie que sempre era o primeiro a colocar a música no bar quase como hino de abertura (Earth Song) mas preferia ouvir na vitrola, um cover dessa música idêntica ao original, Oj mesmo de longe monitorava ambos era como se tivesse ouvidos em todo o lugar ou talvez as formigas sussurrasse para si, das formas misteriosas que tudo acontecia, Oj surge atrás de Oliver caminhando enquanto servia as pessoas rapidamente e de maneira disfarçava sussurra em seu ouvido.

— Oliver vá até o banheiro e volte daqui a 5 minutos enquanto resolvo um problema.

Dessa vez era melhor seguir o que dizia sem questionar, pede licença a Archie com gesto e uma das mão em seguida tapava os ouvidos, realmente ficar do lado da vitrola era quase ensurdecedor, a vitrola só conseguia alcançar esse volume alto pelos diversos alto-falantes embutidos nas paredes, para dar a devida ambiência no local, Oliver entra no banheiro dos clientes, mas entre a fenda da porta aberta, queria ver o porquê desse pedido, Oj desaparecia por entre as pessoas que passavam e aparece no corredor principal por entre os clientes com a forma física de Oliver, fez isso tão rápido que foi impossível que alguém notasse, Oliver vê tudo pela brecha da porta do banheiro que ficou aberta, se assusta por se ver no corpo de outra pessoa, mais não podia sair dali até porque teriam dois de si no mesmo lugar e a estranheza que isso causaria com mais a explicações que teria que inventar de ter um irmão mais velho iria contra a história que sempre disse de não ter mais nenhum familiar vivo, Oj chega na vitrola furando a fila, o grande homem fica lhe olhando de baixo a cima, Oj desliga a música puxando a vitrola da tomada um o silêncio predominou o local até mesmo quem tenta conversar gritando ficou em silêncio olhando a cena que virou o foco do lugar como as brigas de escola, o grande homem fica descontente, como Oj ainda estava de costa acaba tendo a ponta de sua jaqueta na altura do ombro amassada pois o mesmo tirava satisfação, até mesmo as roupas eram idênticas a que Oliver usava no exato momento.

— Está achando porque é dono do bar que pode tirar minha música? Eu coloquei essa moeda e agora você me deve uma ficha nova! Oj calmamente se vira e olha nos olhos, as pessoas da pequena fila davam alguns passos para trás pois o grande homem mijava nas calças como uma criança amedrontada, ninguém entendia muito bem, mas em seu olhar era como se tivesse visto o mais feio dos demônios;

Um dos clientes que estava na fila ao vê-lo correndo até a saída quase levando a porta em seu peito, comentava com os demais:

— Pessoal aquele ali é um dos herdeiros da Odnum, estava meio que em dúvida, mas agora tenho certeza! (dizia um dos clientes)

— Caraca verdade! Eu sabia que conhecia ele de algum lugar, filho do dono da poderosa construtora (uma jovem da fila)

— Bem-feito, só porque tem dinheiro e forte acha que pode fazer o que quiser, eu jurava que o dono do bar ia apanhar, mas olha as surpresas da vida, o fraco se fez de forte e ganhou a briga;

— O grandão só tinha tamanho (um terceiro que estava fila)

Um salve mútuo no bar foi feito, todos levantavam o copo para alto e falavam: – Um viva para o Melancolia, o encarado de gigante! Diziam em uníssono, os demais que não estavam envolvidos voltavam a se divertir, Oj colocava a música preferida de Archie e ia até o banheiro, a trilha sonora se combinava com momento, ao chegar no banheiro Oj ficava cara a cara com Oliver, o mais estranho era se ver de fora, o primeiro questionamento era qual motivo de usar sua forma física?

— Oliver nem me olhe com essa cara! o bar é seu, queria que eu resolvesse os seus problemas por você?

— É muito estranho eu mesmo me ver dessa forma, Oj eu desisto de entender essas... coisas, mas o porquê de ele ter se mijado todo?

— Nada, ele somente sentiu o peso da própria consciência lhe acusando (um barulho de descarga se é ouvido)

Achavam que estavam sozinhos no banheiro, a porta do mictório se abre, um senhor sai olha para ambos com a mesma forma e diz:

— O rapaz, todos dizem que essas bebidas não têm álcool, mas eu estou vendo dois de você, eu jurava que você estava conversando com alguém, estou vomitando já uns 10 minutos e acho até que peguei no sono na última cuspida.

— Olha as bebidas são fortes e causam esse tipo de alucinação para quem não está acostumado (Oj respondia dando a entender para que Oliver repetisse seus movimentos assim parecendo que o rapaz realmente estivesse bêbado)

O Homem realmente estava mal e sai coçando os olhos até a porta, na volta após Oliver acompanha-lo ele observa que Oj não estava mais ali, mas como sempre desaparece repentinamente, Oliver retorna para o balcão Archie tinha indo embora e mais uma vez não conseguiu a tal essência, ao se lembrar da suas dores as mesma ficaram mais aparentes, talvez por não estar pensando diretamente nelas, a sua mente tinha amenizado as um pouco, continuo os atendimentos do bar agora sem saber o que fazer, as pessoas estavam indo embora de uma a uma com o passar das horas já eram por quase perto de meia noite o Bar estava vazio, Oliver começa a limpar o local e ainda não tinha fechado o estabelecimento, juntou o resto de petisco e colocou na bandeja do cachorro pela portinha, subiu para o sótão vendo se achava o molho de chaves das outras salas que estavam fechadas e uma forte chuva caía enquanto procurava, um carro antigo que se assemelhava aos modelos Lincoln presidencial, todos seus vidros eram da cor preta e blindado, até as calotas eram negras, o carro estava impecável, o longo cano de descarga envenenado emitia pequenas explosões; Com certeza um motor poderoso continha, sua tintura lisa como se tivesse acabado de sair da loja, a suspensão era elevada e mais nada que tirasse a beleza do mesmo, o carro era totalmente silencioso talvez por causa da chuva ou pelo bons freios; Do lado do carona sai um rapaz de aproximadamente 34 anos muito magro tanto que provavelmente em sua infância era comparado a uma serpente, nariz fino e grande, uma combinação nada harmonioso e fumava cigarro branco, logo adentra no bar contrariando as placas que proibiam a pratica do fumo no local, vestia um blusão colorido calça jeans colada, nas pernas e um cabelo muito sedoso solto , à primeira vista não aparentava gostar de mulheres ou com certeza as mulheres sem sobra de dúvida não gostaria de ficar com ele, badalando o pequeno sino do balcão insistentemente, Oliver demorou a ouvir por causa da chuva e desce depois de alguns segundos:

— Boa noite! posso ajudá-lo? Mas antes queria te pedir um favor, é proibido fumar aqui dentro (o rapaz faz uma cara meia de não se importar e apaga o cigarro em cima de uma das formigas solitária que caminhava no balcão)

"Putz, era melhor ele não ter feito isso"

— Procuro pelo Sr. Melancolia (olhando tudo de cima abaixo, demostrando em seu olhar ser uma espelunca e até mesmo passou o dedo para ver se estava com poeira o balcão)

— Sou eu sim! (Oliver responde com tom de já estamos fechados)

— Melancolia certo! Até achei que era piada quando me disseram esse nome, que criatividade para nomes sua família tem, Pois bem vamos direto ao assunto, hoje mais cedo você ameaçou o filho de ninguém menos do que Sr. Obaid Sextos ninguém mais, ninguém menos que o dono da construtora global Odnum e de diversos outros empreendimentos.

"Eu ainda imaginei que Oj ia me trazer problemas "

Pensava Oliver enquanto tentava disfarçar o acontecimento.

— Olha muita gente vem aqui, você deve estar me confundindo com alguém, sou uma pessoa da paz e me desculpe a sinceridade, Mas Sextos parece nome dos reis dos livros de escravidão do Brasil.

— Vejo que gosta de ironizar as coisas para quem tem um nome de melancolia e um bar com nome de Ingratidão, aliás que bela rachadura no teto, vejo que cuida muito bem desse lugar, mas deixamos de rodeios, você tem uma oportunidade rara, pelo ocorrido terá que pagar uma taxa semanal de 85% de tudo que entra para que possamos deixar esse fato de lado e para que fique claro de tudo que entra! Ainda está tendo sorte, poderá ficar com 15% do valor, olha como somos generosos!

— (risos) Você deve estar brincando com a minha cara, acha que vou dar algum dinheiro para vocês? Já que o filho de séquitos, ops eitos, ops creitos ao qual estava desrespeitando as pessoas no local! (Oliver exaltava sua voz)

— Pelo visto sua memória voltou rápido, achei que era homem de paz ou está com a síndrome do escorpião, ferroando as pessoas com agressividade, vamos lá; vou lhe dar mais uma oportunidade, agora 90% e você fica com 10% pense bem (homem ajeitava um cordão de bolas pretas que mais pareciam guias em seu pescoço)

— Isso é algum tipo de extorsão? Agora quer me dar uma taxa menor? Você é doente cara, saia daqui agora! (Oliver procurava algo embaixo do balcão)

— Vejo que está irredutível, estou tentando resolver as coisas para você, Obaid está te dando essa oportunidade porque não a agarra com força? Se ele viesse falar com você a conversa séria em outro tom e não é nada agradável o ver desconfortável passando a mão naquela bengala de milhares de dólares, pode ter certeza que estou sendo o mais sucinto possível, não queria que o homem venha aqui tratar de assuntos tão irrelevantes (dizia com gestos afeminados e com sorriso irritante no rosto)

— Assuntos irrelevantes? O suor do meu trabalho? Tenho problemas muito maiores que esse velho ranzinza da bengala de milhares de dólares, saia daqui e pode me fazer um favor; mande esse Obaid para o inferno, ele e sua bengala! Outra coisa (indo até a mesa de sinuca) — Se você voltar aqui, esse taco vai sumir da minha mão e nem queira saber onde ele vai aparecer!

Aparentemente o rapaz não se incomodou com a ameaça e até mesmo deu uma risada irônica parecendo gostar, saiu pela porta com semblante demostrando que com certeza você fez a escolha errada, entre os passos meio delicados abriu o guarda-chuva e retornou ao carro, Oliver também foi até a porta antes de tranca-la e ficou observando o mesmo voltar, ao chegar no carro o rapaz faz um sinal, o vidro do carona traseiro se abre, o mesmo coloca a metade do corpo para dentro e pela gesticulação contava tudo que aconteceu, o mesmo dá a volta do outro do lado do veículo indo ao lado da porta atrás do motorista, com sutil movimento de mão mantinha o guarda-chuva esticado e com a outra mão abre a porta como um típico serviçal, a chuva estava tão forte que chegava a balançar as arvores, a ponta de uma bengala era fixada ao chão, sua saída parecia ter sido ensaiada com tempo, ao colocar os pés para fora, os sapatos foram feitos com coro de algum animal exótico, diversos relâmpagos iluminavam o céu, o velho de cabelo grisalho e barba branca serrada, terno similar aos smoking de casamento de alto refinamento, blusa preta por debaixo do blazer meio acinzentada quase sem cor uma bengalada prateada que brilhava ao longe com símbolo da construtora Odnum em sua ponta (um coiote uivando), nem a chuva separou olhar conflitante de Oliver com o mesmo, a única coisa que os separava era a porta do bar e os relâmpagos que riscavam o céu a todo momento, não se precisava de palavras para descrever momentos assim, a caminha do Cachorro estava vazia, era uma pena Oliver pensava em começar a treinar o mesmo para morder esses tipos de pessoas indesejadas.

"Agora dá para entender por que todos
dessa construtora têm má índole"

Ficou nítido que aquele homem era o Sr. Obaid, pois o jeito receoso que o garoto afeminado lhe olhava era notório, o típico medo da hierarquia, Oliver puxou as persianas trancando a porta, Sr. Obaid no mesmo momento retorna ao carro e em seguida o esquisito rapaz e o motorista contorna o veículo voltando a rodovia, Oliver da dois passos e cai ajoelhado, as dores ficavam intensas em seu peito, Oj como sempre aparece misteriosamente perto da mesa de sinuca:

— O que eu fiz dessa vez? (dizia Oliver colocando as duas mãos no peito se revirando de dor)

— Olha você não fez nada e justamente é o problema, já cansei de lhe dizer que seu tempo aqui é precioso e cada vez mais está se acabando.

— Faça isso parar pelo amor de Deus!

— Deus Oliver é um nome que dificilmente você fala, ele deve estar ocupado, foi você mesmo que disse isso, eu não tenho como fazer parar (falando ironicamente não se importando com agonia do mesmo)

Do lado de fora por entre a chuva era possível ouvir estranho sons sem muita definição como estranhos gritos de agonia e sofrimento.

As dores em seu peito diminuíam e os estranhos sons sumiam gradativamente:

— Acho que já está ficando perceptível quanto mais fica fraco, mais fácil de ser rastreado você estará.

— OJ preciso de ajuda, pois não sei o que fazer (sua voz soava fraco e sua visão estava turva)

— Nobre da sua parte pedir ajudar, durma amanhã cumprirei o que te prometi e te ajudarei no que precisar.

Algumas centenas de formigas que apareciam de todos os cantos do bar, levam Oliver desmaiado para cama.

4. EPISÓDIO: AMOR COMPLACENTE

A noite se passou rápido, Oliver acorda repentinamente sendo quase 18h, as dores no peito ainda incomodavam, mais nada que atrapalhe como as dores de anteriormente, preparou algo para comer, enquanto sentando em uma das mesas do bar sentindo-se aprisionado, muitas vezes tinha vontade de sair para respirar um bom ar e pensar por um momento que poderia estar em um sono induzido de um acidente, qualquer opção poderia ser aceitável perto de toda essa insanidade vivida, a grande rachadura no teto e as demais luzes queimadas, o deixavam temeroso com o que poderia acontecer consigo se não conseguisse ajudar essas pessoas, certo era melhor tentar conversar com Oj a próxima vez que aparecer; e falando no diabo, Oj saia da cozinha colocando um avental branco por cima do terno e se orgulhava por estar impecável, já Oliver com a barba grande, o cabelo despenteado e a nítida expressão que lhe deu o apelido, o bar estava aberto e nem sinal dos clientes, deram exatas 20h30 e nada, e isso começou a lhe preocupar:

— Oj o que deve estar acontecendo não apareceu ninguém?

— Não tenho cara de panfleteiro para ficar distribuindo cartões com nome do seu bar, podem ter se assustado com o intimidador dono do bar.

— Chega ser engraçado você falando isso já que foi você quem expulsou o filho daquele empresário da loja.

— Eu não me lembro disso, vou checar no meu caderninho (Oj ironizava tirando de seu bolso uma espécie de caderno e o mesmo era feito da união de diversas formigas ainda vivas)

— O que é isso Oj?

— Meu caderninho de anotações, e aqui diz: "Oliver assusta gigante de seu bar"

— Às vezes eu fico me perguntando, porque ainda espero alguma ajuda de você!?

A primeira cliente do dia chegou sendo nada menos e nada mais que Sra. Charlote.

— Boa noite Melancolia!

— Boa noite Sra. Charlote; Ah! antes que me esqueça de apresentar esse é Oj.

Charlote ficava olhando para a cara de Oliver tentando entender a brincadeira, Oj estava no balcão, porém a mesma não o via.

Charlote
— Melancolia é alguma brincadeira? Você está bem?

Oliver
— Ops, desculpe! não vi que meu garçom saiu, ele é muito rápido em aparecer e desaparecer (risos) deve estar lá fora tirando o lixo!

Charlote

Ingratidão por Gratidão

— Acabei de entrar e não vi ninguém, só um cachorro fazendo sujeira perto da janela, aliás é seu?

Oliver

— Meu não é, mas como sempre sobra comida não acho ruim ajudar.

OJ

— Quem te disse que sou seu garçom Oliver?
(sentando-se em uma das diversas mesas com os pés em cima de uma delas, Sra. charlote não o via e nem o ouvia o que dizia)

Charlote

— Hum... Archie chegou a comentar que você tinha contratado alguém, mas já que os negócios estão indo tão bem porque está de mudança?

Oliver

— Mudança? Sra. Charlote está acontecendo algum engano, não pretendo me mudar tão cedo.

"Como se eu pudesse"

Charlote

— Me faz um favor, para de me chamar de senhora isso que me incomoda! Não sou nem velha para isso, 35 somente, mas voltando ao assunto, lá no início da rodovia tem uma placa dizendo: Mudamos de endereço.

Oliver

— Sra. Charlote, ops, Charlote, tem uma placa? eu não coloquei nada lá!

Charlote

— Estranho melancolia se não foi você, alguém está tentando te prejudicar pois você é a única loja nesse sentido da rodovia.

Ingratidão por Gratidão

Oliver

— Caramba vou ter que ver isso! Charlote obrigado por me avisar.

Charlote

— Ah! Outra coisa, pelo menos você sabe da obra? tem uma máquina de construção gigante travando a entrada da rodovia, até achei que fosse por isso que você estava se mudando, porque pelo tamanho da máquina a obra deve demorar muito, me lembro até da logo da empresa sendo um lobo com a cabeça para cima uma tal de construtora Odnim ou um negócio assim.

Oliver

— Odnum, aqueles desgraçados! Então é por isso que o bar está vazio!

Charlote

— Você conhece essa empresa?

Oliver

— Não dá para te contar agora, a história é muito longa.

Charlote

— Tem a ver com o homem grande que você fez se mijar no seu bar? mesmo as casas sendo muito distantes uma das outras os assuntos correm rápido por aqui, Melancolia mudando de assunto drasticamente; antes que eu me esqueça poderia fazer aquela bebida à base de amora para viagem?

— Ah, sim! A bebida preferida de seu esposo?

— Esposo? Você quer dizer meu pai (Charlote nitidamente se entristecia ao ouvir o nome do pai)

— Nossa me perdoe! Não que você seja velha, ops, quero dizer; pelo jeito que você cuida dele, sabe? Com zelo! (tentava se retratar da besteira que estava falando)

O telefone celular de Charlote toca, a mesma o atende indo ao canto conversar em menos de um minuto e logo volta com semblante triste e pede para ir ao banheiro, Oliver fica sozinho e volta a sentir forte dores como se algo estivesse piorando gradualmente em seu peito afetando seu corpo, se curva com a cabeça abaixada, Oj vendo a cena o ajuda a se sentar na cadeira e explica a melhor opção:

OJ

— Oliver sua doença está agravando e você precisa achar o antídoto, porém sem clientes não haverá pessoas para ajudar e consequentemente não conseguirá sair do bar, sua única opção é ajudá-la, minha orientação terá um preço, tudo que eu te contar revelarei em secreto, e de maneira nenhuma você poderá revelar isso para ela de maneira direta, compreendeu?

Oliver

— Mais ou menos (dizia Oliver se recuperando das dores)

Oj

— Escute com atenção! Sei que percebeu que Archier finge estar bêbado, porém o verdadeiro motivo é que ele está morrendo, um câncer que lentamente toma conta de todo o seu corpo, sua filha sabe que o pai está doente, só não imagina a gravidade do problema, por esse motivo ele só tem trago problemas para sua família, o mesmo não conseguiu aceitar ter perdido sua esposa para essa mesma doença e consequentemente está sendo vencido pela mesma situação, se sua filha o odiar sem saber que está morrendo será muito mais fácil que ela o esqueça, pelo menos é dessa forma que ele pensa.

Oliver

— Nossa entendi!

Oj

— Isso é chamado de Amor complacente, quando a dor serve para trazer consolo ao invés de paz, agora é com você, deve explicar para ela o que está acontecendo sem falar diretamente pois o passado são atos que fizemos ou deixamos de fazer, o presente é o que vivemos agora e o futuro a consequência da soma dos dois.

Oliver

— Como vou explicar algo sem falar diretamente sobre o assunto? Devo usar analogias?

OJ

— Use o que precisar! (dizia Oj desaparecendo mais uma vez inesperadamente)

Oliver naturalmente já se preparava para dizer as palavras mas preferiu refletir dentro do seu coração, Charlotte tinha acabado de sair do banheiro, a garrafa com a bebida que Oj deixou embrulhada como se fosse para presente encima do balcão, a mesma pega o embrulho, tira sua carteira do bolso e começa a contar as notas , Oliver a segura pelo braço e pediu um minuto de sua atenção, a mesma diz que estava com pressa para voltar para casa, Oliver propõem que se ouvisse uma história as bebida sairia por conta da casa, a mesma ficou sem jeito de recusar e diz: — Somente um minuto. Oliver sentiu a mesma sensação quando Oj virou a ampulheta em cima da mesa e o pediu para contar seus relatos:

Oliver

— Queria te contar essa história e não vai demorar nada, depois disso te deixo ir (A olhava olhos nos olhos)

Charlotte achava estranho o pedido, mas 1 minuto de seu tempo não seria nada demais.

— Sabe Charlotte... Uma certa vez um homem que tinha acabado de perder sua esposa num acidente olhou para seu filho pequeno e sabia que a partir daquele momento, era somente os dois e ninguém mais, cuidou da criança da melhor maneira que alguém poderia cuidar de um filho, porém de maneira inesperada, esse homem começa a perder a visão gradativamente, e as tarefas mais simples da casa começam a ser as mais complexas, era angustiante não conseguir fazer as coisas mais básicas, ao mesmo tempo tentava enganar com óculos escuros que tudo estava bem e continuou seguindo a vida, porém as consequência dessa escolha começou a gerar problemas para sua casa, seu filho que era novo começou perceber que algo estava errado, mas não sabia o que era, ao ser questionado porque dos óculos sempre de maneira bruta e inóspita respondia que se sentia bem assim, até que um dia perdeu totalmente a visão e tentando fazer comida incendeia a própria casa, seu filho ao qual tentou tanto proteger acabou morrendo no incêndio junto consigo.

— Nossa que história pesada e triste, mas Melancolia ele poderia ter evitado tudo se tivesse dito que estava ficando cego!

— Charlotte nem sempre é fácil dizer para alguém que nunca mais poderá vê-la, é mais fácil achar que pode tentar matar o amor.

Nesse exato momento Charlote muda seu semblante e começa a chorar, sente dentro de si que conseguiu as respostas que precisava, e dá um abraço em Oliver emocionante, o mesmo retribui o repentino abraço colocando as mãos em seu cabelo e a deixando chorar, até se esquece da bebida embrulhada dizendo obrigado a Melancolia e com sorriso de gratidão saiu pela porta, Oj aparece sorrindo pela primeira vez e batendo palmas.
— Bravo! Bravo! Até eu me emocionei com seu relato, parabéns Oliver!

Oj vai até o balcão e pega a garrafa que estava embrulhada para presente, tira um pequeno copo aqueles de plástico da medida de um cafezinho, dentro do embrulho não continha nenhuma garrafa de bebida e sim uma garrafa térmica de café, e coloca o líquido preto dentro do copo e oferece para Oliver:

— Parabéns! Oliver você conseguiu e como prometido um gole da poderosa essência.

5. EPISÓDIO: LAÇO DO PASSARINHEIRO

Oliver ficava maravilhado olhando o copo em várias posições aproximando seu rosto para ver a fumaça subir, era estranho um copo de plástico e uma garrafa térmica azul, Oj dizia para ele assim que bebesse da essência teria alguns minutos para sair do lado de fora e resolver esse problema, e o mais importante procurar pelo antídoto:

Oliver

— Mas como você sabia que ela não iria levar a garrafa com a essência? E outra coisa como eu vou saber quanto tempo ainda tenho lá fora?

OJ

— Primeiro Meu filho, você saberá sozinho a hora de voltar, todos nós sabemos nossos momentos, e como te disse o presente é a soma das nossas escolhas, poderia ser uma garrafa de bebida ou poderia ser uma garrafa de café, o fim nem sempre justifica os meios, o mais importante é extrair o melhor do que você tem.

Oliver

— Caramba! Às vezes você fala de forma tão complexa que não dá para saber o caminho que devo tomar.

Oj

— Hum... Achei que você que era o senhor das analogias (ria ironicamente alto)

Oliver

— Deixa para lá você é sempre assim.

OJ

— Oliver uma coisa; te aconselho a tomar cuidado lá fora, você não tem nenhum tipo de proteção, e só mais uma coisa posso até olhar o bar, mas tomar conta do cachorro não é responsabilidade minha, se ele cagar tudo aqui dentro eu não vou limpar nada! Ok?

Oliver

— Falando em animal esqueci de colocar comida para o cachorro!

Oliver prepara um bonito prato, chama o cachorro pela portinhola e o mesmo não demora a chegar fazendo gracinha, quem não ficaria feliz com um prato feito com tanto cuidado? Já era quase meia noite e Oliver se preparava para sair, Oj tinha acabado de ir para cozinha, Oliver ao encosta a pequena portinhola do balcão do bar, nota que o estranho livro que Oj usou naquele dia estava embaixo da segunda prateleira interna, se pegasse o livro para ler talvez Oj desconfiasse; ao desfolhar o mesmo suas folhas estavam encaixadas com uma presilha então soltou devagar uma das folhas e a colocou no bolso, assim poderia matar sua curiosidade, saiu do balcão ajeitando sua jaqueta, depois amarrando bem sua bota que mais parecia um tênis, tirou o contrato do bolso e ia deixa-lo guardado no bar, Oj surge próximo a vitrola e inibe o que estava fazendo colocando o contrato de volta em seu bolso:

Oj

— Oliver quando quiser pode beber da essência já que você batalhou duro por isso nada mais justo, mas ao beber não perca tempo e saia, lembre-se que as 4h da manhã a porta se fecha e espero que esteja aqui a tempo.

O estranho relógio badalava zero hora parecendo ser a deixa para sair.

Ingratidão por Gratidão

Oliver pega um pequeno como plástico de cafezinho, quase o enche com a essência e observa que ainda saia fumaça do líquido preto mesmo depois de alguns minutos, estava um pouco receoso em beber; O que mais poderia estar perdendo sendo tudo ali anormal? Era melhor tomar de uma só vez e foi o que fez, ao deixar descer por sua garganta as primeiras gotas se frustra, pois o gosto era idêntico a café, na verdade conforme bebia mais tinha certeza de que aquilo era somente café:

Oliver

— Você deve estar me tirando! Mas o que significa isso? Passei por tantos problemas para um mísero gole de café? Você não para de ficar brincando comigo, eu não aguento mais isso, estou morrendo e você com essas brincadeiras estupidas!

Oj sequer o ouvia e se dirigia novamente a cozinha, o mesmo foi atrás, mas Oj já tinha desaparecido; pensou bem enquanto as dores no peito o incomodavam, porém seu corpo estava mais quente que o de costume, mas nada que o fizesse se sentir mal e isso gerou a dúvida;

"Será que realmente posso sair?"

O medo de sentir o frio congelante como se petrificasse a alma, mas ver aquelas criaturas horrendas o intimidava a sair, estava com as mãos já na maçaneta respirou fundo; e em um único movimento saiu e trancou a porta, era a noite mais escura já vista até agora, nada estava acontecendo, não sentia frio, muitas das vezes olhava para sua mão até mesmo soprava, realmente estava livre que por alguns segundos sentiu vontade de correr e nunca mais voltar, o gosto da liberdade foi misturado com o cheiro do cachorro, que levantava a cabeça o vendo do lado de fora, Oliver dava um até logo para ao bichano e sai ainda meio inseguro, olhava para os lados e ninguém a vista, os mendigos do lado de fora só dormiam como de costume, o receio de estar ali era grande, mas nada acontecia, não sentia frio nenhum e conseguia andar, já era um bom sinal, então se empenhou em resolver seu problema caminhando na parte de terra não asfaltada, e o sopros do vento soavam como ecos, a caminhada era longa, pois o início da rodovia fica a mais de 5 quilômetros dali, uma chuva fina começa cair e logo, o mesmo sabia que isso não era um bom sinal, mas preferiu seguir o caminho beirando a rodovia depois de mais 28 minutos de caminhada logo ali estava uma enorme máquina de construção civil Oliver nunca tinha visto nada igual uma máquina tão grande que poderia ser comparado a uma montanha, a mesma continha vários instrumentos de perfuração de solo gigantescos, e também suas partes cobriam toda a entrada da estrada, uma parte da floresta até foi destruída pois para aquele maquinário estar ali alguns arvores foram derrubadas, a máquina provavelmente estava em ponto morto, mais fazia um barulho estranho que até se assimilava a tambores sendo tocados, as árvores que foram destroçadas traziam uma ambiência ao local de devastação, o local não era nada bonito, não dava para se ver nenhuma casa por perto, e sinceramente era a parte mais feia da estrada, dentro da cabine de operação tinha um homem negro por volta de quarenta e poucos anos que usava uma camisa branca que se assimilava a um blazer da força naval e calça preta que se combinavam como um conjunto único, o mesmo fumava um charuto, pela imensa quantidade de fumaça dentro da cabine, não via Oliver acenando tentando chamar a atenção, então resolve pegar uma pequena pedra e a arremessa no vidro, mesmo a cabine estando em uma altura considerável, logo na primeira tentativa por sorte acertou em cheio e assim chamou a tenção do mesmo, aquela cabine onde estava foi acionada e descia como um elevador mecânico e já no solo, o senhor sai da máquina e pergunta o que o mesmo desejava:

Operador da máquina

— Pois não, foi você que arremessou alguma coisa no vidro?

Oliver

— Sim, até me desculpe, foi único jeito que conseguir achar para chamar sua atenção naquela altura, olá tudo bem? me chamo Melancolia.

Operador da máquina

— Me chamo Geraldo, Hum... Então você é o famoso melancolia do bar! Ouvi falar de você até porque por essas bandas não tem muita coisa, vejo que está sozinho aqui nesse lugar deserto, mas me diga; o que deseja?

Oliver

— Às vezes me esqueço que meu Bar é bem conhecido, aliás é exatamente sobre isso que eu queria falar, essa máquina está travando a entrada da rodovia e meus clientes não conseguem acessar a estrada.

Geraldo

— Olha; sobre isso não posso te ajudar, meu trabalho e ficar aqui, essa foi a missão que me deram, esse é o meu trabalho.

Oliver

— Como assim a missão que te deram? sabe me dizer o porquê dessa máquina estar aqui e quando essa obra vai terminar? Pois preciso que retire essa máquina daqui hoje!

Geraldo

— Hoje? (risadas) Na verdade não tem nenhuma previsão, porque não se tem nenhuma obra para ser feita.

Ingratidão por Gratidão

Oliver
— Mas então por que essa máquina está aqui?
Geraldo
— Essa foi minha missão, trancar a rua!

Depois da frase, parte superior direita da máquina tinha o Símbolo da empresa Odnum e logo deu para entender, as represarias tinham iniciado, Geraldo acende outro charuto e começa o tragar e jogar a fumaça para cima, os estranhos barulhos de tambor estavam mais altos, Oliver começa a sentir uma sensação estranha no seu corpo, por trás da grande maquina surge uma gigantesca serpente, seu corpo era como grandes correntes e sua pele como aço retorcido algo tenebrosamente assustador, a mesma se enrola por entre a grande maquina passando seu corpo por entre os gigantescos pneus, assim a travando naquele lugar, Geraldo demostrava não ver a serpente, Oliver logo se assusta e corre em direção a mata, Geraldo ao ver o mesmo correndo para mata, retorna para a cabine que se elava mais uma vez. A serpente começa a rodear as arvores olhando as mesma por cima, Oliver tinha que tomar coragem e tentar fazer alguma coisa, mas não tinha muitas ideias, a serpente recuava sua cabeça e volta a ficar na parte superior da máquina quase como um Guardião, Oliver tinha que dar um jeito de tirar aquela máquina dali, então se rastejando de costas da arvore mais próxima da máquina deu uma breve corrida e achando não ter sido percebido, ficou debaixo do grande maquinário, tentava achar algum painel elétrico para danificar a máquina ou a faze-la andar de alguma forma como uma ligação direta, achou um pequeno painel apertando todos os botões de um única só vez, as duas serras de perfuração da máquina se ligam e começam a perfurar o solo do lado direito e lado esquerdo, no mesmo momento a serpente sentia seu cheiro e desce seu rosto até parte de baixo da máquina colando o nariz no solo o farejando, a mesma era grande demais para entrar na parte de baixo aonde estava, então grunhia um estranho som, e ao longe muitos homens quadrúpedes sugiram das partes não asfaltadas, todos farejando o chão uns subindo por cima dos outros em tamanho número que pareciam uma avalanche, o som dos mesmo correndo se assimilava a cavalos e seus olhos grudados eram de arrepiar, diversos modelos de ternos todos rasgados, a mesma tinham os chamados para acessar a parte debaixo da máquina aonde Oliver estava, nessas condições o desespero batia e não tinha muito o que fazer só um milagre o protegeria, Oliver lembra da folha do livro que tinha trago junto com sigo e a enrola como uma bolinha de papel que iria a arremessar para fora assim chamando atenção da serpente e o deixando correr para mata seria sua única chance, antes que as dezenas de homem quadrúpedes o alcance, na folha uma língua que não se dava para entender e a única coisa que era possível ser entendida era a numeração 91 3-7, poderia ser alguma coordenada nada que vinha de Oj era fácil de se compreender, amassou a folha a arremessando para fora, a folha rolava até parar, acabou dando certo, enquanto a serpente olhava para o papel Oliver corria desesperadamente para dentro da mata, porém os homens quadrúpedes já estavam próximo e dezenas e dezenas deles seguiam Oliver mata a dentro numa forma de despista-los; o barulho de alguns se chocando contra as árvores, e de forma desordenada tentando farejar Oliver, estavam quase o alcançado e não tinha aonde se escondes, começou a clamar por ajuda de Deus, mas era inútil, somente os sons das mãos e pés das criaturas podiam ser ouvidas, Oliver dá um grito desesperador enquanto se esquivava dos desníveis do solo da floresta, nem mesmo sabendo ao certo aonde estava; na fuga em desespero não conseguiu ver que a folha que havia jogado se desdobrou sozinha e o o número 91

3-7 que estava escrito na mesma ficou em chamar consumindo toda a folha, no exato momento um estrondoso som de bater de asas era ouvido tão forte que chamou até atenção de Oliver que corria desesperadamente para dentro da mata. Os homens quadrúpedes ficaram desorientados assim conseguindo fazer que Oliver não fosse alcançado pelos mesmo, uma gigantesca águia que fazia a serpente parecer uma pequena minhoca sobrevoava o local, indo em direção ao maquinário, o ser era tão grande que trazia noite a escuridão ao chegar graniu alto colando suas enormes patas encima da máquina, a serpente tentou lhe abocanhar, porém era insignificante, a águia mordia a serpente no pescoço que emerge voando e arrastando para cima a desgrudando de forma brutal da máquina, águia leva a serpente para a parte mais alta do céu e assim, retorna voo em direção ao solo em formato espiral em direção a máquina, e como um míssil se joga em cima da mesma juntamente com a serpente presa na sua boca; como o chão já tinha sido perfurado em ambos os lados e com mais a estrondosa pressão da queda, acabou cortando a grande maquina ao meio e criando uma enorme fenda no chão, a cabine aonde o gerador estava, pelo estouro da panca acabou caindo na grande fenda, as duas partes da máquina que sobraram ficaram de pé como duas torres e um pequeno caminho de terra no canto foi liberado que dava para passar apenas uma pessoa por vez, Oliver conseguiu ver a cena, pois ficou paralisado não entendo muito bem o que aconteceu e de onde veio aquele bicho, porém a sorte parecia estar ao seu lado, o mesmo já estava muito adentro da mata, as diversas árvores secas e a escuridão da noite o fizeram pensar que andar reto toda a vida era sua única opção para achar o caminho de volta, porém viu um homem quadrúpede isolado farejando por entre as árvores, alguns sons no mato o fizeram continuar a adentrar ainda mais no lugar, a neblina dificultava um pouco a visão ao longe, não dava para saber nem aonde estava ao certo, porém parecia estar seguro, a pergunta era: Como retorna para seu bar? Não sabia quanto tempo a essência duraria em seu corpo, continuando sua caminhada e pela dificuldade de enxergar, não percebe a ossada de uma grande animal morto e cai sobre ela, o corpo já estava em decomposição há dias, não dava para se saber ao certo qual bicho era pelo estado da putrefação, mas algo que lembrava um grande felino. Alguns barulhos eram ouvidos próximo ao nevoeiro e os sons ao longe confundia ao certo qual direção tomar, uma raposa mesmo ferida corre desesperadamente passando a sua frente, parece que alguns homens galopantes ainda estavam em sua cola, os animais também estavam vendo tudo o que estava acontecendo, era tão desesperador para os animais quanto para Oliver, era melhor acelerar o passo, o mais sensato a se fazer era seguir a direção do animal, que com certeza conhece melhor o lugar, Oliver tenta não o perde-la de vista enquanto corre mas a pouca iluminação e mais as condições do local deixavam a tarefa mais difícil, a raposa desce em um barranco é adentra em um casebre de madeira e barro, o casebre tinha em suas paredes grandes buracos que dariam para passar com a cabeça, as folhas das árvores caídas decoravam o telhado feito de bambu, o lugar não tinha porta, mas era melhor tentar se esconder ali do que vagar sem paradeiro, logo ao entrar vê um homem de costa que não percebe sua presença, no lugar só havia um tronco de madeira cortado como mesa com um copo de lata encima, um lampião quase se apagando, o homem de costa estava coberto com uma manta velha por cima dos ombros, que ia até o chão idêntica a um cobertor, tinha cabelos pretos curtos cortados na altura do ouvido, o mesmo conversava com o animal e após colocar a mão na raposa sentiu sua ferida dizendo para tentar o acalmar:

— Quem fez isso com você amiguinho? (acariciava o animal)

Oliver não queria o assustar, já que tinha invadido a casa de Oj tendo mais experiência, contudo procurou logo se apresentar falando calmamente mesmo sendo difícil:

— Senhor desculpe invadir sua casa, me chamo Melancolia, tem algumas pessoas me perseguindo na mata, corri desesperadamente e tive que me esconder aqui (seria impossível verdadeiramente explicar essa situação)

— Quem está em minha casa?

— Olha não quero trazer problemas, só estou me escondendo de verdade, só tenho como dar minha palavra, pois sei que você não me conhece.

O senhor dá um laço frouxo com pedaço de pano no pescoço da raposa, se levanta da armação de ferro que usava como cadeira, era um homem com boa estatura e de porte físico forte apesar dos trapos sujos que nem podiam ser chamados de roupa, pega o lampião que tinha uma luz dourada intensa pelos pequenos raios de luz que saíam dela provavelmente pela sujeira envolta do recipiente, o mesmo vinha palmeando os cantos das paredes, Oliver logo estranha o jeito de andar com uma mão que segurava o lampião à frente do corpo, os dois ficam cara a cara e o homem esbarra em Oliver, deixe-me vê-lo, o senhor se aproxima o suficiente de Oliver tendo a surpresa; o mesmo tinha em suas vistas um pano de chão amarrado na parte de trás de sua cabeça:

— Se realmente é uma pessoa de bem deixe-me conferir o que diz, só estou me precavendo (dizia homem cego palmeando Oliver aparentando procurar alguma arma)

— Sem problema senhor, se assim te tranquiliza, aliás posso perguntar seu nome? (Oliver o deixava o revistar mesmo sendo estranho)
— Meu nome é Dãoas.

O mesmo sem muitas palavras tentava colocar a mão no bolso de Oliver, porém o mesmo não permite, ali estava seu contrato juntamente com a folha do livro que pegou de Oj e logo isso trouxe desconfiança:

Dãoas
— O que tem nesse bolso? (força a mão tentando pegar)

Oliver
— Senhor isso não, são minhas particularidades!

Dãoas
— Dentro de minha casa não existe "minhas particularidades", se não vai me mostrar o que tem aí então saia daqui!

O mais estranho de toda essa situação é um homem cego querendo ver o que tenho. Será que é fingimento? Poderia ser algum truque está com pano no rosto ou poderia ser até mesmo um ladrão que rouba as pessoas e se esconde na mata? Quem moraria em tal lugar?:
Oliver
— Senhor, só tenho um contrato em meu bolso, mas não posso entregá-lo para ninguém desculpe, não dá para explicar isso para você.
Dãoas
— Você disse contrato? Você tem um contrato dourado?

99

Ingratidão por Gratidão

Oliver

— Sim eu tenho, você sabe sobre os contratos? (ficou surpreso em ouvir)

Dãoas

— Sim eu sei muito sobre, não confie em ninguém! Eles mentem para você, ela mentiu para mim, desgraçada!

O homem fica um tanto quanto perturbado, gritando:

— POR QUÊ?! POR QUÊ?! VOCÊ ME TRAIU! POR QUÊ?! SUA DESGRAÇADAA...!

Aquilo não fazia o menor sentido, porém a voz alta atrai um homem galopante que vagava nas proximidades dando para se ouvir o som do mesmo encostando nas árvores e folhagens, não conseguiram ter nenhum tipo de diálogo, pois foram surpreendidos, Dãoas demostrava estar ouvindo tudo que acontecia; aproxima seu rosto em uma das paredes para ouvir melhor os granidos já que não estava vendo, por uma das brechas da parede um homem galopante coloca a cabeça, e por sorte morde somente a venda que cobria sua cabeça, se Oliver não tivesse estourado o lampião na cabeça da criatura e puxado o Dãoas rapidamente a mesma poderia ter o tragado, mas a surpresa foi aterradora, o brilho que estava dentro do lampião nada mais era do que um pequeno pedaço rasgado de um contrato igual ao que Oliver carrega em seu bolso, o homem cego se inclinou rapidamente a procurar o contrato; após uma rápida passada de mão no piso envelhecido o achando e segurando bem perto de seu peito, nesse exato momento o contrato iluminou seu rosto e o mesmo bizarramente tinha seu olhos queimados exatamente como os dos homens galopantes, os reflexos do contrato passavam pela porta atraindo as criaturas que corriam em grande escala e continuavam a se arremessar encima do casebre, muitos outros colavam as mãos pelas fendas das paredes:

Dãoas
— Rapaz, pegue a raposa rápido e o pano que amarei e me dê rápido, se eles vão entrar é o único jeito, rápido..., RÁPIDOO!

O lapso mental foi rápido a cena parecia acontecer em câmera lenta, Oliver não tinha certeza se homem cego era uma das criaturas ou coisa do tipo, porém as opções eram poucas, os homens quadrúpedes se jogavam em numerosos grupos de sete, encima do casebre que já estavam cedendo, num rápido movimento corre e desamarra a raposa que estava muito assustada, a dando ao homem cego, que amarra o pano na calda do animal ateando fogo no mesmo e assim solta raposa que corre colocando fogo em todo o local, as numerosas criaturas assustam o animal que corria em círculos tentando achar um novo local seguro enquanto ainda incendiava o casebre e as criaturas no meio do fogo e da espessa fumaça davam um tempo para os mesmos pensarem no que fazer; Oliver pede para que o mesmo segurasse sua camisa fortemente, deveriam correr para escapar do fogo que se alastrava rapidamente o casebre que já estava desmoronando, correr em meio as chamas com o homem cego grudado em sua camisa era algo muito difícil:
Dãoas
— Filho me deixe aqui, salve sua vida.

Oliver
— Mas como assim? Vamos.

Dãoas

— Eu não tenho como achar o caminho, e vou lhe atrasar, salve sua vida.

Oliver

— Mas...

Dãoas

— SALVE SUA VIDA! (as árvores se deitavam em meio ao fogo)

Dãoas intimou para que o mesmo o deixasse ali e seguisse seu caminho, a insistência foi tanta, com mais a tensão do momento que Oliver acabou o deixando e correu tentando se salvar, uma árvore em brasas cai quase o acertando enquanto tentava fugir, durante o caminho refletia que mesmo que não o conhecesse não deveria morrer dessa maneira e tenta voltar, procurou por alguns segundos, mas o fogo já tinha alastrado o local e por um milagre consegue acha Dãoas, andava em círculos em meio ao fogo, o segurando no braço e o tira dali, Dãoas fica feliz, porém um sentimento misturado com um turbilhão de emoções não dava para saber para onde ir devido a fumaça, e o que de pior não poderia acontecer, Oliver começar a tremer lentamente, entendendo que logo a essência iria acabar e seria muito difícil achar o caminho de voltar, porém o letreiro de seu bar acesso podia ser visto a longa distância, então se empenhou em seguir a direção da luz que era afagada pela fumaça; os calafrios de Oliver aumentavam gradativamente, chegou ao ponto de não conseguir dar mais passos até mesmo falar era difícil, nessa situação Dãoas instintivamente o coloca pendurado em seu ombro e caminha palmeando o lugar, as ondas de calor se aproximavam estando tão quente que era impossível ficar com a cabeça inclinada para cima por muito tempo, sua única alternativa era guiar o cego em meio ao escuro e as chamas ,procurou manter o foco nas pequenas linhas de luz que as vezes eram vistas, conforme o vento empurrava a fumaça para longe, a situação não estava nada favorável para os dois, a fumaça ficou indissolúvel, era impossível que Oliver pudesse o guiar, de forma estranha Dãoas mantinha a calma assentando seu pé lentamente nos galhos caídos, o barulhos das folhas se queimando com mais os sons dos homens galopantes por entre as matas sem direção era perturbador, Dãoas continuava avançando não dando para saber ao certo aonde estavam até que, por um milagre conseguem sair da floresta , o bar não estava mais longe que 30 passos, a densa chuva começa a cair novamente e a mesma controla o incêndio em pouco tempo, Oj presenciava a cena do mesmo sendo carregado por Dãoas, porém aguardava imóvel para que os mesmo cruzem a porta, era muito difícil dizer para um cego o caminho que o mesmo deveria andar, mas com uma certa insistência e fadiga consegue fazer Dãoas passar pela porta do bar; Oj percebe que os olhos queimados de Dãoas chamavam bastante atenção, Oliver ao passar pela porta começava a se recuperar gradativamente, Dãoas não sabia aonde estava, Oliver já conseguindo falar algumas palavras, diz para o mesmo que estava em casa, aquela era sua loja e poderia ficar tranquilo ali que não teria com que se preocupar, mas no fundo sabe que o trouxesse para um lugar tão perigoso quando a floresta sem contar que Oj inspecionava o cego com olhar desconfiado a todo momento, Oliver chama Oj na cozinha e diz para Dãoas que pegaria algo para se limparem, o cego balança a cabeça em sinal de confirmação e continua parado no mesmo lugar, já na cozinha Oliver indaga Oj mais uma vez:

Oliver

— O que foi dessa vez? Estou tentado fazer tudo que você fala sem questionar, mas é muito difícil, apareceu uma Águia gigantesca naquele lugar e destruiu a máquina a acertando no meio, só não consegui voltar no lugar para ver se a pista foi liberada, mas acredito que o dono da empresa ficará desorientado quando ver o prejuízo que levou. Não consegui entender essa, entende? muitas coisas, nem mesmo de onde aquele animal veio, mas se não fosse ele eu teria sido pego.

Oj

— Então mexeu no meu livro?
(Os olhos davam o mesmo tenebroso brilho incomum)

Oliver

— Aquela águia tem a ver com a folha que levei? Olha eu fiquei curioso, vi umas coisas magicas e queria saber mais sobre, na verdade nem sei ao certo porque levei ela comigo, mas como elas funcionam?

Oj

— Olha se queria conhecer mais sobre o paradoxo era só pedir, o conhecimento traz a liberdade da alma, agora um ponto a te dizer, fico me perguntando se você conhece esse homem o suficiente para colocá-lo aqui dentro? Claro! O bar é seu e as medidas são suas, mas analisou isso pelo senso da comoção, cuidado para não ser como a bengala de um cego, que de toque em toque no chão, guia o homem que a segura, sem certeza de onde vai, as vezes parecendo ser um bom caminho, mas o inferno é como os toques da bengala, você só sabe aonde está quando chegar lá (Oliver refletia na frase que ouviu tentando aproximar a realidade que estava vivendo, mas o indagava mais uma vez)

Oliver

— Foi ele que me ajudou quando estava nas chamas! Onde estava você? (dizia enquanto pegava algo para comer e levava juntamente com uma toalha humedecida)

Oj

— Claro! Claro! Aproveita a ajuda que está tendo para retirar as partes da máquina que ainda permanecem no mesmo lugar, pois o equipamento foi somente cortado ao meio... (o tom de sua voz trazia uma indicação de trabalho não terminado)

Era uma surpresa ouvir que as partes da máquinas ainda estavam lá e antes que Oliver pudesse contra argumentar, Oj desaparece enquanto o mesmo ainda esperava de costa uma resposta, Oliver ajuda Dãoas a ser limpar, o pior que as frases de Oj ficaram em sua cabeça, e já que o cego passaria a noite ali, até saber o que fazer com ele, seria melhor conversar mais a fundo, pelo menos para entender como ele sabia do contrato, era a pergunta que iria caber nesse momento, depois de muito insistir Dãoas comia e se encostava no chão de costa em uma das paredes do bar, Oliver tentava puxar assunto até mesmo porque precisava:
Oliver

— Queria muito que me respondesse uma coisa, como conseguiu seu contrato? Pode ficar tranquilo que já dispensei meu ajudante do bar por hoje, eu preciso muito saber disso.

Daõas mexia a cabeça enquanto terminava de comer, rasgou um pedaço da toalha a fazendo de venda novamente, realmente ver aqueles olhos queimados sem saber o que aconteceu era intrigante para Oliver, depois de muito insistir o mesmo resolve contar sua história.
Dãoas

— O contrato que me pergunta foi dado de meu pai para minha mãe e foi passado para mim como uma espécie de herança, foi me ensinado desde pequeno que nunca deveria o perder e assim o fiz sem questionar (Oliver ouvindo tudo com muita atenção) independentemente do que acontecesse, era o que sempre me diziam, nunca deveria o entregar a ninguém, essa empresa Odnum apareceu meio que do nada, seus representantes tentando me coagir a vender o terreno de meu pai a preço muito abaixo do avaliado, eu não quis e eles começaram a me prejudicar com sua influência, virei o inimigo número um deles, coloquei fogo em propriedades que eles tomaram de pessoas boas, fiz de tudo para acabar com essa empresa; porém um dia conheci uma mulher, ela se chama Alliad, ela dizia estar na mesma causa que eu, e com tempo acabamos nos apaixonando, pelos menos era isso o que eu achava, ela sempre me dizia o que fazer como um guia para problemas, eu confiei nela e em um belo dia contei meu segredo do contrato aonde o guardava, e numa noite ela trouxe algumas pessoas e o roubaram de mim, na luta eles me cegaram, porém consegui ficar com esse pequeno pedaço do contrato de meu pai, eles não perceberam que faltava essa parte, e desde então vivo assim preferindo me esconder na floresta e viver por lá, algum dia queria oportunidade de requerer o resto do meu contrato, talvez assim quem sabe eu possa recuperar meu propósito.

Oliver

— Por que você nunca contou a alguém sobre isso?

Dãoas

— Alguém acreditaria em mim? Com a influência poderosa que eles têm, um cego brigando com homens poderosos, perdi minha missão pela minha desobediência desonrando meu pai, eu me achava especial e isso hoje não existe mais; viver num mundo cheio de monstros e sozinho é complicado demais!

Oliver

— Realmente você tem razão, o pior que eu não sei lidar com isso, tento me acostumar, mas é como se eu vivesse em um pesadelo, por que essas criaturas me acham quando eu saio do lado de fora? meu contrato não está aparente, elas não deveriam saber que estou lá fora!

Dãoas

— Alguém pode estar os chamando, os capangas deles realmente são criaturas, não devem ser chamadas de seres humanos.

Oliver

— Ham?! Estamos falando dos homens galopantes?

Dãoas

— Homens galopantes? Não, estávamos fugindo dos capangas da Odnum.

Ambos ainda conversaram por algum tempo, a conversa parecia ter tomado um rumo diferente, Oliver ficou desnorteado, porém o sono já havia chegado, então resolve ir até seu sótão pegar algumas roupas de cama para Dãoas.

Ao escutar da boca de Dãoas o fazia pensar muito, até porque Oliver poderia estar fantasiando tudo, como pergunta um cego se ele viu o que até mesmo quem enxerga não vê, era muito complexo pensar talvez uma boa noite de sono ajudasse a resumir suas dúvidas, tudo que Dãoas disse agora não parecia ter haver com o que estava vivendo, deveria ser um contrato de propriedade e nada mais do que isso, porém o mesmo tinha certeza que viu, o contrato brilhando dentro da cabana ou será que foi um delírio por toda essa situação? Parando para pensar, essa mulher que foi descrita faz a mesma função que Oj está fazendo hoje, mas se a intenção dele fosse pegar o contrato, por que não pegou ainda? Ficava se questionando, será que pelo fato de precisar que outra pessoa faça isso? Várias e várias teorias passavam por sua cabeça,

Oliver arruma um travesseiro para Dãoas e diz para o mesmo que poderia dormi tranquilo ali, porém tranquilo era somente uma forma de tentar normalizar algo que parecia não ter controle, Oliver vai até uma das janelas de Seu bar e coloca as mãos por entre as persianas , abrindo um buraco que dava para ter visão do lado de fora; olhou logo para baixo estando ali o cachorro, ficou observando o mesmo dormindo de barriga para cima, deu uma bela Olhada nos mendigos que sempre estavam ali, Oliver nunca os viu sair nem mesmo para pedir comida, eram os mais suspeitos e o fato de não poder confiar em mais ninguém o fazendo conspirar coisas, Oj poderia estar armando algo contra, não saia de sua cabeça o fato do mesmo ter lhe mandando para fora, será que para perder seu contrato? Oliver coloca o contrato o dobrando mais para dentro de seu bolso, retorna para o Sótão aonde fica o seu quarto e dorme de barriga para baixo assim não possibilitando que alguém o pegue, amanhã seria um novo dia e uma noite de sono talvez o ajudasse a pensar melhor, não demorou a pegar no sono, depois de tudo que passou no dia de hoje, talvez um descanso mental fosse o melhor, as dores em seu corpo estavam um pouco mais forte e isso o incomodava muito o fazendo se mexer na cama de um lado para o outro, sempre com uma das mãos encima do contrato.

O mesmo acordou por voltas as 17h de barriga para cima e logo apalpou em seu bolso verificando se o contrato estava ali, e estava, dava graças a Deus, deu uma ajeitada no cabelo para tirar as pontas que o sono trousse e desce de seu Sótão, logo dava de cara com Daõas   sentado no banquinho que Tom costumava usar, porém uma coisa o intrigava, algumas peças de madeira estavam com a cor morta, como se tivessem apodrecendo, o mesmo acontecia com os bancos grudados ao balcão, e também os detalhes emadeirados que corriam pelas paredes, nem sinal de Oj como sempre, Oliver aproveitava para ver as salas que encontravam-se vazias em seu bar, havia muita coisa para se arrumar, não conseguia parar de pensar como faria para tirar aquela gigantesca máquina da estrada, mas nunca iria imaginar que a folha do livro que levou consigo teria lhe ajudado a destruir a mesma, como Oj novamente não estava ali resolveu então arrumar as coisas limpando cada espaço talvez como um ato de fé era impossível negar que seu corpo a cada dia que passava se sentia mais fraco como se estivesse morrendo lentamente, Dãoas perguntou se o mesmo queria alguma ajuda, Oliver relutou em não aceitar porém tinha um móvel pesado em uma das salas que estava jogado no chão e seria necessário duas pessoas para segura-lo, Oliver tentou pegar o mesmo sozinho e não conseguiu então foi forçado aceitar a ajuda, guiou Dãoas até a sala, o colocando do lado esquerdo do móvel, Oliver fazia muita força para tentar subir sua parte, porém sem muito sucesso com o móvel carregado de coisas antigas, Dãoas pede para que o mesmo se afaste, Oliver dá um passo para trás, Dãoas apoiando sua mão e usando sua musculosa envergadura fez muita força, mas o móvel continuou no mesmo lugar:

Dãoas
— Nossa! Eu nunca fui assim, estou tão fraco que não consigo nem levantar um armário, nada está indo bem (o semblante demostrava amargura)

Oliver precisava falar uma boa palavra pois conseguia entender, aquele sentimento de falha, pela primeira vez não quis falar uma frase para ajudar esperando algo em troca, somente quis ser um amigo:
Oliver
— Sabe Dãoas, quando temos problema que outros não podem ver, nos sentimos sozinhos, mas hoje eu entendo que

quando passamos por problemas que outros ainda não passaram e encontramos essas pessoas, dividimos algo muito especial; a esperança, é como um elo que pode nos unir para vencer, pois são coisas que nem todos passam, e se estamos passando por isso significa que somos fortes, se no dia da nossa angústia formos fracos ela nos destruirá, mas se formos fortes passaremos por cima de tudo, como alguém que destrói uma grande muralha.

Oj

— Ou como alguém que destrói uma máquina gigante! (aparecendo Oj encostado na porta que dava acesso a sala)

Oj

— Está na hora de abrir seu bar!

Oliver

— Acho que já estou me acostumando com seus aparecimentos repentinos, Oj posso falar com você um minuto? (Oj estendia as mãos gesticulando ironicamente, como um venha em meu escritório apontando para a sala ao lado)

Oliver falou para Dãoas aguardar que iria ver algumas coisas sobre o material do bar e o mesmo lhe agradece as palavras ditas; já na sala ao lado:

Oliver

— O que está aconteceu com bar? antes de eu sair os bancos estavam com a cor viva e agora parecem velhos como se estivesse apodrecendo.

Oj

— Você é como combustível para um lampião para esse lugar, e se você está morrendo o lugar está morrendo também, o mais complicado que escuto cada vez mais a presença de seres perto daqui, se eu fosse você estaria preocupado com seu tempo cada vez menor, menor e menor, aqui você tem proteção, mas se deixar brechas poderá ser algo bem desagradável.

Oliver
— Odeio quando você vem com essas analogias e não vai direto ao assunto.

Depois da conversa o bar foi aberto, Oliver não tinha a mínima dimensão do que tinha acontecido lá fora, nem mesmo imaginava que a folha lhe ajudou a solucionar parte do problema, toda conversa com Oj o fazia refletir, e quando falou em brechas se lembrou que um dos homens galopantes passou a cabeça por um buraco que estava na parede, será que essas criaturas vão conseguir entrar no bar? Era um receio real, alguém chegava ao bar tirando sua linha de raciocino, o primeiro cliente estava na sua porta, Oliver fica feliz, mas quando o mesmo adentra o local era nada menos que Tormento, que já não aparecia há bastante tempo:

Tormento (já dentro do recinto)
— Nossa! Estou a 2 dias tentando vir aqui, tinha uma máquina da Odnum tapando a passagem e fiquei me perguntando, se você tinha fechado o bar ou coisa do tipo, foi muito difícil chegar por causa da inauguração do Bar da fenda, a maior loucura está acontecendo lá fora, vim andando e a sensação é de como caminhar pelo deserto sem uma bússola, nossa não querendo ser inconveniente, mas que rachadura enorme no teto, aconteceu alguma coisa aqui?
Oliver
— Isso é uma longa história, agora faz parte da decoração, mas como assim Tormento, bar da fenda?

Tormento

— Não sei se chegou a ver lá onde esta as duas partes da máquina, parece que teve algum tipo de acidente, uma explosão ou algo do tipo, a máquina foi destruída e ficou a metade de cada lado, até um funcionário sumiu nesse acidente, a polícia estava lá fazendo uma investigação, porque no chão tinha algumas pegadas, eles recolhiam amostras, segundo os rumores alguém deve ter sabotado o aparelho, no chão ficou uma cratera enorme, todo mundo que passa chama de a fenda, e no canto direito um pequeno espaço que dá para passar uma pessoa por vez, eles colocaram tipo uma ponte igual um círculo feita de madeira por cima da fenda, nas partes da máquina quebrada estenderam uma lona, e tem uma placa lá bar da fenda em homenagem ao funcionário que morreu um tal de Geraldo, eu vi muitas pessoas que frequentavam aqui; lá na verdade, eu acho que quase todo mundo, até eu achei que você tinha fechado o bar porque bem antes da entrada da rodovia tinha uma placa dizendo mudamos de endereço eu associei logo ao seu Bar, era a única coisa importante por essas bandas tão afastada da cidade:

Oliver

— Estenderam uma lona e fizeram um bar na beira da rodovia!

— Sim e te digo mais, até uma moradora da localidade está lá na inauguração Sra. Alliad, essa mulher era uma moradora local e do nada fechou um contrato com a Odnum tendo hoje em dia muito dinheiro.

Dãoas se levanta da cadeira meio de lado, como se ouvisse a frase mais importante de sua vida, não deixou de indagar:

— Por favor pode repetir o nome da mulher que acabou de dizer?

Tormento

— Ah sim, Claro! Alliad acho que essa é a pronúncia correta.

Dãoas mudou logo sua fisionomia levantando meio que batendo nas coisas e pedia a Oliver que o levasse na fenda, Oliver não tinha como fazer isso e também não tinha como conversar essas coisas perto de Tormento, que provavelmente o acharia maluco, Oj emergia da cozinha com a garrafa azul e enche o copinho de plástico pela metade com a essência, Oliver pedia um minuto a Tormento e vai rápido até Oj, Dãoas ficava pedindo para sair do Bar incessantemente, andando pelo lugar palmeando as paredes enquanto derruba algumas coisas:

Oj

— Como prometido está aí metade de um copo cheio!

Oliver

— Não estou entendo, eu não ajudei ninguém (barulhos de Dãoas derrubando as coisas enquanto andava pelo lugar procurando a saída)

Oj

— Você hoje o ajudou com belas palavras, então a metade do pagamento e te digo uma coisa, você ainda tem que ir lá resolver esse problema, pois se as pessoas não podem chegar aqui, a consequência e o bar não ter proposito de estar aqui, não é somente você que está sendo afetado, o bar também está, e sabe muito bem que aqui é seu refúgio, aliás você tirou esse homem da proteção dele, se ele sair lá fora vai virar um alvo fácil; você só tem metade de uma essência e quem vai bebe-la? de qualquer forma você terá que sair para resolver seus problemas mais uma vez, a escolha é sua, eu sempre sei das coisas Oliver.

(Os olhos do mesmo brilhavam e voltavam a sua normalidade)

Oliver estava pressionado, tinha que pensar em algo rápido, lembrou do projeto que Tormento tinha se proposto a fazer, então foi até o mesmo, entregou um de seus cartões de debito em suas mãos e disse:

— Compre todo material que precisa para a barreira, eu não me esqueci de seu projeto, vou esperar você chegar com a lista e não precisa me mostrar, eu acredito em você.

Tormento ficou um tanto quanto surpreso até teria deixado esses assuntos de lado, mas sendo guiado dessa forma balançou a cabeça, apertou a mão de Oliver fechando esse acordo, Oliver ficou apreensivo, pois Tormento iria sair do bar e da última vez não foi nada legal, o mesmo passava pela porta e nada acontecia, nenhuma coisa tinha quebrado e somente Dãoas que estava causando um caos tentando achar a saída.

6. EPISÓDIO: NO CAMINHO DA AVARIA

Três formigas sobem no balcão equilibrando com um pequeno copinho de café, e o mesmo cheio até a metade, as mesmas o colocam do lado do outro copo de café que estava no balcão e saem, Oliver ficou olhando e pensando, dois copos de café e cada um cheio até a metade, o que fazer? como eram duas pessoas pensou no senso em dividir ao invés de tomar tudo sozinho, assim os preparando para sair do lado de fora, mais a pergunta era: quanto tempo só a metade da essência possibilitaria para cada um e será que faria alguma diferença para Dãoas? (Por que dois copos? pensava Oliver) O mesmo foi até Dãoas não precisando que o mesmo contasse que aquela era a mulher que tinha roubado o seu contrato, isso era nítido pela expressão de ódio e insanidade, Oliver não sabia ao certo toda a história, porém tinha que ir até o bar da Fenda:

Oliver
— Olha sei que você tem que ir lá, mas só peço que me explique melhor as coisas no caminho e prometo te levar até lá, é meu compromisso com você, só devemos tomar cuidado.

Dãoas
— Para mim isso é muito importante.

Oliver
— Eu só te peço que tome esse gole de café comigo assim que eu mandar com um brinde, pois você tem assuntos a tratar e eu também, como um gesto para nos dar sorte.

Dãoas

— Ok, sem problemas.

E assim juntos tomaram, Dãoas colocava a mão em seu ombro e rapidamente saiam nem precisando fechar o bar já que ninguém pelo jeito conseguiria ter facilidade de acesso ao local, Oliver encara os mendigos que estavam enrolados no cobertor aparentemente como sempre dormindo, mas não deixava de ter a sensação que estava sendo observado, porém como tudo era estranho estava atento a tudo dessa vez, como já sabia o local apressou seu passo, no caminho Dãoas contou que descobriu bem no início das atividades da Empresa Odnum que a mesma não era um construtora e sim uma empresa que procura retirar tudo de bom das terras e propriedades, como uma espécie de mineradora de qualquer tipo de recurso natural, porém isso destrói as matas e também mata os animais e trazendo terríveis problemas ao solo, então desde esse momento virou um inimigo para os mesmos, tentou proteger muita gente brincando contra cada ação que a empresa fazia, mas estava perto de desmascara-los, quando foi traído e ridicularizado como uma forma humilhante me deixaram jogado naquela cabana, para eu sempre me lembrar de com quem eu tinha mexido e não sabe porque aceitou aquele moradia, talvez por ter momentos na vida que ficamos em uma posição de derrota mesmo tendo oportunidades diversas para recomeçar.

"Oliver nesse momento entendia muito bem o
que o mesmo dizia"

— Porém eu não tinha como saber onde ela estava e agora por um milagre ela está de volta, e se ela está aqui, com certeza para quem ele trabalha estará junto e assim quem sabe não recupere meu contrato honrado meu pai que iniciou tudo isso.

Era bonito ver a dedicação de Dãoas, porém Oliver não conseguia parar de pensar como faria para tirar as duas partes restante da máquina que segundo Tormento virou uma espécie de bar improvisado, depois de um longo tempo de caminhada dava para se ouvir uma música estrondosa, quanto mais se aproximavam mais alto a música ficava, ao chegarem no local, sua dúvida era concluída, uma barulhenta festa na beira da estrada acontecia, e como Tormento tinha contado, levantaram uma tenda que se assimilava hastes de um circo, por cima das duas gigantescas partes da máquina que estavam ainda de pé, no chão uma gigantesca fenda e por cima dela foi construído uma ponte com tampo de vidro que dava para ver por baixo da mesma, era bizarro olhar para aquele enorme buraco, também estranhamente foi erguido uma estátua de gesso de um coiote uivando (logo das empresas Odnum) e duas grossas correntes agarrada a cada lado da máquina como um símbolo de um elo inquebrável, as pessoas naquele local bebiam em quiosques que foram montados ao redor, todo tipo de coisa ilícita estava acontecendo ali, e principalmente por ser na beira de uma estrada até certo ponto bem movimentada, nunca se viu por aquelas bandas tantas pessoas, Dãoas deu as descrições da mulher para Oliver, mas achar a mesma naquele lugar seria como achar uma agulha no palheiro, mas a última descrição que lhe foi passada seria a mais bela entre as mulheres, Dãoas esbarrava em muita gente mesmo estando com a mão no ombro de Oliver, muitos aliás usavam crachá, tantas pessoas bebendo de maneira desordenada, usando drogas e o clima do lugar era pesado até mesmo a feição das pessoas, no meio de um empurra, empurra, Dãoas tira as mãos do ombro de Oliver, e o por um descuido acaba o perdendo de vista, Dãoas dizia sozinho consigo:

"eu conheço esse cheiro"
O som estava alto e chegava a tremer as roupas conforme as batidas do alto-falante, Oliver o chama sem nenhuma possibilidade de resposta, o procurava em todo o lugar chegando até a beira da fenda, era bizarro olhar aquela estátua de pedra e argila proporcional as duas partes da máquina que estavam quebradas, as correntes de tão pesadas se quer mexiam com vento. Uma neblina começa a surgi e deixa o lugar ainda mais macabro, um pouco mais próximo a mata um palco aonde estava as modernosas caixas de som; Para aquilo tudo ter sido instalado tão rápido a empresa contou com ajuda de muitas pessoas, e com certeza o aporte financeiro dessa empresa era descomunal, um homem com uma bengala sobe ao palco com a música abaixando gradativamente e todos ficam em silêncio, dois homens conversavam próximo a Oliver e o mesmo tentava achar Dãoas no meio da multidão, os amigos conversavam enquanto o pronunciamento ia ser feito

Homem aleatório
— Sabe quem é aquele cara em cima do palco? É o Advogado com mais influência da cidade e meu amigo grande!

Homem aleatório
— A cara! quer ensinar para mim?! Você já deve estar mais bêbado que eu, é Sr. Obaid nosso chefe ou você não sabia que ele é dono da empresa? Na verdade quem não o conhece? Temos que ser muito gratos, pois ele sempre ajuda a essas bandas, olha que festa maneira, e te digo mais... Tem até mulheres liberadas de graça, você entendeu ne? (ria catucando

o amigo) Ele fortalece o nosso entretenimento, a Odnum é o futuro.

Homem aleatório

— Hum... Quero saber se você sabe o nome daquela gostosa que está lá em cima do lado do rapaz esquisito com pano no rosto?

Oliver ao ouvir, se vira e vê Dãoas em cima do palco sendo segurado por dois seguranças, e o velho Obaid iria dar seu pronunciamento, era a primeira vez que Oliver iria ouvir a voz de agora seu inimigo:

Obaid

— Caros funcionários, estamos inaugurando hoje o novo bar da fenda sendo mais uma brilhante construção Odnum, todos vocês tem o prazer de serem os primeiros a curtirem esse momento, Geraldo era um homem que servia a empresa há muito tempo, desde seu fundamento, e hoje não está mais conosco, um minuto de silêncio em sua memória (o mesmo interrompe o minuto de silêncio somente esperando passar 10 segundo) — sempre nosso desejo foi desenvolver essa parte da cidade tão esquecida por muitos, hoje as bebidas estão liberadas, em forma de comemoração deixem suas vontades falarem mais alto e curtam bastantes, todos nós somos um só.

Um coro entre os funcionários era soado, o fanatismo de muitos pela empresa era tanta que quase se parecia a uma religião pagã:

—Odnum! Odnum! Odnum! (gritavam todos) ...

Obaid

— Antes disso queria lhe mostrar esse ocorrido, vocês devem se lembrar desse homem já prejudicado pela vida, sempre tentou atrapalhar o progresso de nossa empresa ateando fogo em nossas propriedades, destruindo nossos maquinários e tenho certeza que de algum jeito ele também deve ter sido o causador da destruição dessa máquinas, mas hoje esse homem está cego e mesmo assim continua a tentar nos prejudicar e com certeza tendo ajuda dessa vez, por causa desse cego miserável que é contra nosso progresso muitos de vocês ficaram sem emprego em alguns períodos tendo que ser realocados para outros lugares longe de suas famílias, irei soltar ele no meio de vocês, deem a devida recepção e fiquem à vontade.

Todos gritavam em conjunto e começou um grande alvoroço, falando em seu ouvido o que pensam sobre pessoas que comentem esse ato, a multidão gritavam ensandecida, mesmo não fazendo sentido um cego ter destruído aquilo, as pessoas nessa altura do campeonato só deixavam fluir o seu pior lado, outros até mesmo queriam o linchar, Dãoas é retirado pelos seguranças do palco e colocado no meio da multidão, a música continuava desligada, o mesmo começa a ser vaiado e tremendamente ofendido, copos de cerveja eram arremessados em sua direção, alguns até apagavam cigarro em sua pele, a cena era triste; Oliver não conseguia chegar perto do mesmo que estava distante, algumas pessoas olhavam para Oliver que era o único que não estava com crachá nem roupa da empresa, pelo volumes dos demais se movimentando em torno Dãoas, o mesmo estava com a cabeça abaixada, o som era seu único guia, mas as diversas vozes o deixavam confuso até mesmo para onde ir, ser cego e sem paradeiro era o pior sentimento que alguém poderia sentir, Oliver tentava lutar para chegar perto do mesmo, mas o perde de visão mais uma vez, por entre as pessoas passa um ser como homem com seu rosto em chamas, porém as mesmas eram negras, não dava para ter clareza do seu rosto, pois as chamas pareciam dançar como se o vento soprasse de maneira inerente, tom de pele acinzentado, em suas mãos o fogo percorria e quando tocava nos demais que ali estavam presentes, o fogo rodeava os corpos das pessoas, a multidão que tinha a chama em seus corpos ficavam mais alvoroçados, até seus olhos no exato momento do contato ficavam negros e depois voltavam a sua originalidade, Dãoas já estava sendo massacrado em palavras, empurrado e jogado em direções aleatórias, e faltava pouco para as agressões físicas tomarem uma proporção pior.

Horas antes quando ainda estavam no bar e Oliver tinha subido para pegar os lençóis, Oj apareceu oferecendo para Dãoas uma das folha do livro negro, lhe dizendo para quando tiver sem esperança lançasse a folha no solo, porém o mesmo estava em tamanha angústia naquele momento que sequer se lembrou, de entre os demais ali presente surge um menino, o mesmo vai até Dãoas o segurando pela mão, aquele toque sensível de uma pequena mão indefesa o trazia paz naquele momento, o mesmo caminhava o levando em direção a estátua que estava centralizada no meio da fenda, a multidão continuava os seguir, Daõs se preocupa com a criança que estava naquele local promiscuo e inadequado, mesmo pedindo para que a menino saia dali, continuava o puxando pela mão sem pronunciar nenhuma palavra, a numerosa quantidade de pessoas se acumulando no mesmo local cobrindo a plataforma que foi criada em cima do grande buraco, o menino chegando bem ao centro, larga sua mão e o deixa; Dãoas tenta procurar o mesmo passando a mão rapidamente para baixo, mas a única coisa que consegue sentir era parte maciça da gigantesca estátua do coiote que estava bem a sua frente. O menino descia da parte elevada do altar e desaparece por entre as pessoas, Dãoas passava suas mão na estátua, o mesmo ficou feliz de o menino aparentemente ter ido embora, mas o alvoroço continuava e provavelmente morreria ali, pois todo estavam ensandecidos, o mesmo não parou de pensar como poderia ter retribuído o favor de Oliver por ter lhe levado ali, talvez se nunca o tivesse conhecido não poderia ter saído daquele lugar e recobrado sua esperança, a única forma de o ajudar e retirar essas amarras do seu caminho, tentou ver o peso do objeto colocando os pés para trás e tentando empurrar, quase que unanimem-te a multidão ria a caçoava de seus esforços em vão, outros até diziam em voz alta: Ele acha que vai derrubar a estátua encima de nós! Dãoas escutava todas aquelas vozes debochando lhe ridicularizando ele queria poder fazer alguma coisa, e nesse momento se lembra da folha, em um único movimento à solta no chão a mesma flutuava levemente e os número nela escrito (I 49-29-31), se queimam assim consumindo a mesma e a materializando em um pequeno copo de café com a essência trasbordando até a boca, o som do copo encostando no vidro faz Dãoas quase que como um reflexo o pegar ao escutar o copo badalar no chão, era exatamente o mesmo cheiro do café que Oliver tinha lhe dado, nem o mesmo sabe porque resolveu beber, mas era como um despedida após as pessoas já começarem a subir ao altar, Dãoas bebe tudo em um único gole e sente uma sensação única como se o clima pesado que ali estava agora estivesse em paz; a estranha criatura se aproximava passando pelas pessoas inflamando a todas, indo em sua direção, mas um fato estranho acontece, a venda que estava em seus olhos se solta desamarrando seus longos cabelos pretos que que dançavam no forte vento que soprava o lugar, a sensação que sentia dentro de si era diferente como um alto vigor inexplicável, de tudo que o fez acreditar poderia até mesmo empurrar aquela grande estatua encima dos demais, posiciona suas mãos e coloca seus pés para trás e todos riam e zombam quando o mesmo se inclinou em sentido de empurrar a monstruosa estátua:

Dãoas

— Pai, por minha desobediência errei com você e quebrei o voto que minha mãe fez, que possa me perdoar (dizia enquanto as veias de seus braços se ressaltavam em um único esforço)

Os sorrisos foram se aquietando um a um quando as correntes presas as máquinas começaram a balançar, o barulho das mesmas se mexendo causavam espanto a todos, Oliver estava bem afastado, tinha procurado um lugar elevado na colina tentando ter visão do que acontecia embaixo, mas o som da rocha se deslocando do chão quase como um único estrondo, surpreendeu a todos e as máquinas começavam a se tombar junto com a estátua, os risos viraram densos gritos de desespero, gritavam e tentavam correr, porém era tarde; Oliver via tudo do outro lado enquanto a estátua cedia levando a ponte de vidro junto e consigo todos ali presentes em um estrondoso barulho, as duas partes gigantescas da máquina caiam junto inclusive Dãoas, assim estourando a armação que segurava as mesma e todo o chão improvisado cedeu, boa parte das pessoas caíram na fenda junto com a criatura que ali estava, as que restaram morreram esmagadas pelas toneladas de aço por cima de suas cabeças, as duas partes de aço de peso descomunal afundaram o solo se travando por entre o chão fazendo uma espécie de ponte dupla, Sr. Obaid via pessoalmente mais de 3 mil funcionários morrendo de uma única vez inclusive seu filho que também estava na festa, a poeira levantada do chão cobria o lugar; Oliver estava de um lado da fenda e o Senhor Obaid do outro, Oliver não tinha o que fazer e fica sem reação momentânea, mas o Olhar demoníaco de Obaid do outro lado da fenda era o selo que as coisas só podiam piorar porque sabia que o cego teve ajuda de alguém, e logo sua dúvida foi confirmada, a monstruosa poeira que emergia para longe chamou a atenção do carro de polícia que desvia a rota dos carros justamente por causa da inauguração, a polícia já no local não conseguia entender muito bem o que aconteceu, um incidente dessa magnitude traria repórteres de todas as emissoras, senhor Obaid realmente tinha muita influência e manipulou a polícia, a abafar o caso até porque uma construção tão rápida num lugar deveria ter sido liberada juntamente ao prefeito e logo o mesmo não iria aceitar nenhuma ligação com o acidente, então a melhor forma era não deixar os repórteres chegarem ao local dizendo estarem invadindo, a investigação estaria sendo feita para apurar o ocorrido já que era impossível achar algum corpo naquele momento, e pelo andar da carruagem com certeza arranjariam um jeito desse evento não explicável cair no colo de Oliver, que já estava com problemas até demais, voltou para seu bar e se lamentava do acontecido, já Obaid não demostrava nenhum tipo de tristeza ou remorso somente tramava se vingar ineptamente de Oliver pela aparente vitória, os murmurinhos do acontecido chegaram até o ouvido do prefeito que se preparava para visitar o local assim que tivesse uma folga de suas atividades de governo, como as pessoas não tinham noção da quantidade de vítimas o assunto não tomou as proporções que deveria, a equipe de planejamento da Odnum já tinha criado uma história para os familiares das vítimas que procuravam os mesmo, dizendo que foi realocação emergencial de última hora, para uma cidade vizinha para um serviço de última hora, porém uma nova placa foi colocado na região da fenda: "Proibido seguir, sujeito a desmoronamento", isso fazia que muitos mais curiosos se ariscassem passando com seus carros por cima das parte das máquinas que faziam ponte de um lado a outro, e logo procuravam algum lugar próximo, e o bar de Oliver voltou à seu funcionamento.

7. EPISÓDIO: AS DUAS TESTEMUNHAS

O mais estranho era que Oj desapareceu e já há dois dias não dava sinal, Tormento havia voltado com todo o material e as inúmeras placas já tinham sido descarregadas do caminhão, o material já vinha de fábrica com todas as especificações que foram pedidas sendo somente necessário a montagem, isso facilitava um ganho de tempo na construção, Logo Tormento não perdeu tempo em começar a montar a barricada em volta do bar, era até chamativo para as pessoas que voltaram a frequentar o local, isso gerava muitas dúvidas e era com certeza mais um atrativo estranho, Oliver começa a ficar sobrecarregado com as atividades, pois seu corpo estava sendo forçado ao máximo e sem saber muitas das vezes quem ajudar ,era muitas pessoas com problemas aparentes, muitas delas nem mesmo queriam diálogo curtindo somente o lugar. Ao medir sua pressão estava muito abaixo do normal, antes as pessoas achavam que a rachadura no teto e a baixa iluminação das lâmpadas queimadas eram atração do lugar, porém como as paredes estavam se escurecendo e tudo ficando com tom apodrecido, foi perdendo seus cliente exponencialmente e cada vez menos pessoas queriam ficar ali, usou seu rápido raciocínio formulando uma brilhante ideia, no dia seguinte contratou um serviço de repaginação de ambiente, pediu para que fosse colado um forro de PVC de cor emadeirada assim escondendo o defeito do teto, e já nas paredes placas de drywall customizadas assim deixando o ambiente bem disfarçado, e assim foi feito funcionando muito bem, às 19h em ponto o bar se abria, Oj nesse dia apareceu novamente e mais ninguém o via, nem mesmo Oliver, ele ficou observando toda a estrutura construída, tudo que Oliver tinha feito para disfarça o lugar, a casa estava lotada inclusive as novas salas, era quase impossível Oliver sozinho dar conta dos pedidos preparando bebidas e ainda conseguir tempo para dar atenção e conversar com as pessoas que em sua situação era o mais importante.

Os clientes do bar se divertiam, a vitrola com sua longa fila para escolher a música como de costume, Oliver olhava para as pessoas e por um minuto sentia feliz de poder ver os rostos de seus clientes e não se sentir sozinho, a cada passar de tempo seu corpo estava mais fraco e fraco; a pior sensação é de desfalecer devagar, as vezes nem ele mesmo sabia de onde tirava força para continuar, mas se lembrando do sacrifício que Dãoas fez, lhe trouxesse a libertação do caminho e saber que existem sacrifícios que não podem ser desperdiçados por nós, Dãoas queria honrar seu pai pelo menos mais uma vez e Oliver precisava vencer para honrar o sacrifício de seu amigo, a pouco um rapaz careca se senta em um dos bancos grudados ao balcão e já estava ali há algum tempo, porém o mesmo não pedia nada, com a cabeça baixa tinha a fisionomia das pessoas da grande cidade, aparência britânica, o mesmo pedia um copo de água da casa, expressão que era usada para ficar claro, água da bica sem precisar pagar; uma pessoa não viria a tão distante sem dinheiro, devia estar numa situação difícil então e Oliver mesmo com toda dificuldade tentava puxar assunto e o ofereceu de cortesia alguns amendoins era quase que costumeiro nos bares, o rapaz ficou grato perguntando nome de Oliver e logo ao ouvir Melancolia disse que também tinha um apelido se apresentando como Americano, o rapaz ao ouvir disse que também tinha um apelido que era chamado em seu antigo trabalho americano e ambos conversavam, Americano contou que estava desempregado, até mesmo rirão, pois tinham dois senhores falando quase que uma língua estranha andando pelo local, aquele bar recebia todo tipo de pessoa, Americano ria e diz de forma irônica que a bebida que as mesmas tomaram era bem forte mesmo, e se teria a mesma como cortesia da casa também, porém um dos senhores escutou o que o mesmo disse e foi até ele:

— Tem alguma coisa de errada aqui nesse lugar e meu recado para você é fique onde está, senão no final sairá prejudicado (o olhava nos olhos como um tom profético)

Americano ignora e continua a conversar com Oliver, o senhor passava as mãos no lugar e incomodava alguns clientes sentados.

O outro senhor fala uma língua esquisita, os visitantes faziam caras e bocas zombando dos mesmos, antes que pudessem continuar uma adolescente que estava em um dos cômodos sinaliza a Oliver algo estranho:

— Melancolia tem alguma coisa fazendo barulho no forro, está assustando as pessoas e a mim também!

Oliver
— Pode deixar, vou dar uma olhadinha do que se trata!

O mesmo foi até o centro do bar e todos olhavam para cima, algumas pessoas murmuravam que deveria ser pragas como ratos e animais do tipo, mas um rato não faria um som tão pesado como se arranhasse o forro ao andar e começavam a se questionar. Muito depois disso olhavam a higiene do local, uma velhinha fofoqueira em uma das salas ligava de forma sutil para o controle de pragas 24horas do estado, explicado toda situação, mas essa ação só traria problemas, se realmente fosse constatado algum tipo de bicho no ambiente o bar perderia sua licença de funcionamento, ainda nem eram 20h, a jurisdição do estado sempre passava o valor do serviço para o proprietário e não para o solicitante, problemas e mais problemas, de todos os frequentadores do bar nesse dia boa parte eram mulheres acompanhadas de seus maridos e namorados, e normalmente as pessoas tinham aversão a sujeira ou qualquer coisa dessa magnitude, então boa parte das pessoas preferiu sair, alguns curiosos olhavam bem nos rodapés das paredes e as partes que foram mal cobertas pelo drywall revelavam que a situação estava pior que aparentava, dava para se ver marcas negras do desgaste nas paredes, o motorista do controle de pragas já estava a caminho, como o mesmo estava próximo ao local porque recorrentemente fazia serviço na floresta, após poucos minutos um carro de prevenção de pragas estava na porta, um furgão cinza com um rato emborrachado encima do veículo. Desce um homem russo do cabelo ruivo curto, barba cheia arredondando o rosto, a pança ficava junta com a camisa com suspensório jeans por cima do uniforme, e uma mancha de mostarda próximo ao ombro do último lanche que comeu, descia com alguns equipamentos. Ao adentrar o lugar pedia para as pessoas se retirarem que atendia uma denúncia de infestação de pragas, inevitavelmente as pessoas saiam de uma a uma de seu bar, Oliver agora tinha uma preocupação, se aquele homem achasse alguma coisa era com certeza o fim do bar por um bom período, o homem antes de colocar sua máscara de gás, dá uma golada em um pouco de bebida largada ali, limpa sua boca com um passar de braço rápido ao rosto, ajusta a máscara a apertado bem firme nas correias atrás de sua cabeça que mais parecia um protetor de jogos de hóquei, então revirava todo lugar com uma máquina de fumaça que se assimilava a um grande cortador elétrico, alguns clientes que não queriam sair acabavam sendo expulsos com gás que era jogado em quase todo o local os fazendo tossir incessantemente, mesmo assim algumas pessoas se recusavam a querer deixar o lugar que foi muito trabalhoso de chegar, porém quando a terceira leva de pessoas saiu pela porta, Oliver nunca sentiu uma dor tão forte que o fez cair se escorando pelas paredes e dando um grito de agonia, mesmo sem a explicação de Oj, era nítido entender que algumas das pessoas que saíram pela porta precisavam de ajuda, no mesmo momento outras mesas se quebram em sua base e caem , e um longo trincado no piso percorre o chão quase até a frente da porta, como a base do piso foi construída de madeira, o dedetizado ao ver a cena avisa as pessoas restantes:

— Nossa pessoal! Nós temos aqui um caso de cupins severo da Mongólia, é uma coisa terrível!

Oliver dava mais um grito de dor, o restante dos clientes se assusta e sai depois da segunda frase do dedetizador:

— Acalmassem pessoas, isso é um nítido caso de infecção por contaminação alimentar, primeiro dores fortes no estômago, em seguida sangramento nasal e palpitação cárdica (o homem descrevi quase que uma bula de remédios)

O restante das pessoas sai correndo do local, mas trincos no piso percorrem o chão fazendo quase que desenhos infantis sem simbologia alguma.

Oliver tentava pedir calma aos cliente que saiam desesperados pela porta, mas mal conseguia falar; o dedetizador estava focado em achar o problema e começava a dar golpes com um pequeno martelo nas placas, logo ali tinha um conflito, pois o mesmo estava quebrando as placas que serviam justamente para esconder os defeitos do bar, só ficaram 4 pessoas restantes, os dois senhores Americano e o dedetizador, Olive não tinha muito o que fazer, as dores eram muitas, preferiu deitar no chão de barriga para cima enquanto o dedetizador destruía a parede, os senhores falavam palavras estranhas com as mãos levantadas quase como um exorcismo no local, o dedetizador não se incomodava, ajusta o respirador na máscara e aumentou a dose do veneno que jogava ali, americano não pode suporta toda aquela fumaça e tenta tirar Oliver do lugar, O mesmo tentava dizer alguma coisa mais, se fosse removido do bar só pioraria as coisas, Americano o pega no colo e tenta passar pela porta, Oliver não aceitava ser tirado dali sem a essência, quase como um último esforço instintivo coloca suas mãos dentro das rachaduras no chão fazendo uma espécie de alavanca para se manter firme ali:

Americano
— Cara vamos sair daqui! (tossia interruptamente a cada palavra) Você é louco! Vai morrer aqui dentro!

Olive
— Se eu sair morro lá fora (dizia com a voz fraca e desfalecida)

Oj ainda estava ali, vendo tudo sem fazer nenhum esforço, os barulhos estranhos e pesados andavam de um lado a outro, o dedetizador coloca o cano da máquina de fumaça que estava utilizando dentro de um dos buracos que tinha acabado de fazer e esfumaçava mais ainda o lugar, sem expressão alguma e com a máscara de gás em seu rosto, por um pequeno detalhe Oliver salvou-se de ser arrancado do bar, em meio a fumaça os olhos de Oj brilhavam e americano vendo a silhueta de um homem em meio a fumaça e mais os senhores que não desistiam em exorcizar o local, o assusta e o faz deixar Oliver ali, o dedetizador já tinha usado todos seus métodos no local e também se assusta ao ver Oj por entre a fumaça largando o aparelho no chão e correndo em longas passadas até seu carro o ligando, mas como a fumaça se esvaía do bar e flutuava por um pequeno pedaço da estrada limitando sua visão, ao sair com carro tão rápido não vê Americano e o caba atropelando com uma forte pancada, como a fumaça estava baixando gradativamente, os senhores estavam de mãos elevadas em direção ao centro do bar e juntas falando uma mesma língua estranha em alto e bom som, batendo forte os pés no chão como se ambos tivessem marchando, o que estava no teto se debatia, pois o som que era emitido do lado de dentro do forro se assimilava a contrações de um parto, os dois senhores falavam à última frase se dirigindo a Oliver no chão e perguntam para o mesmo que estava com os olhos arregalados olhando para alto:

— Você entende? VOCÊ ENTENDE?!

Oliver não entendia nada, mas não podia dizer que não e acena sua cabeça num movimento de confirmação.

Um barulho como se algo tivesse sido desentulhado soa para fora do bar e há um silêncio no ambiente.

Um dos Senhores completa:
— Filho fique vigilante, aqui tem uma energia muito pesada, sinto como se alguém nos observasse, e nossa missão aqui acabou (e realmente Oj estava parado bem na frente dos mesmos)

Os dois vão até o balcão e lá misteriosamente dois copos de essência estavam ali, cada um de uma cor diferente, os mesmos a tomam até seus últimos goles e saem seguindo seu caminho, Tormento alguns segundos antes do atropelamento de Americano, estava de fone de ouvido na parte de trás do bar conferindo as madeiras, e não percebe nada do que tinha acontecido; nem os clientes saindo; nem mesmo a fumaça, uma total falta de atenção. Durante o atropelamento Tormento tira o fone e o deixa encima da escada que usava para seu trabalho; logo após ouvindo e seguindo um barulho na parede que o leva até um buraco na parte lateral do bar, ele arrasta a escada até o local, sobe nela e quando coloca seu rosto bem de frente, levou um dos maiores susto de sua vida, Tormento já lidou com muitos animais por ter trabalhado no zoológico, e o que viu sair dali quase batendo cara a cara consigo, algo que se assimilava a um gambá se é claro poderia ser comparado dessa forma, a criatura some com um brusco movimento, Tormento quase tinha caído da escada, chegou a ver os senhores saindo dali e um tanto distante, ao adentrar no local Oliver estava sentado no chão, ainda tinha vestígios pequenos de fumaça e o lugar estava uma zona todo destruído, Tormento pergunta logo o que tinha acontecido e ouviu tudo mesmo sem entender direito o fato, se propôs ajudar Oliver a tirar todo o forro de PVC que estava danificado com ondulações e as placas nas paredes que estavam quebradas, porém Oliver tem uma surpresa, as placas que estavam quebradas ao serem tiradas mostram que a parede não tinha mais manchas escuras, a rachadura no teto ainda continuava ali, mas a parede ter voltado a sua cor original poderia ser um símbolo de esperança, Oliver agradecia Tormento depois de tudo a hora já era avançada, eram quase 4h da manhã a porta iria se fechar e Tormento não poderia ficar ali, mesmo se oferecendo para ficar até mais tarde para ajudar, Oliver não queria que ninguém soubesse, porém consegue convence-lo a ir para casa logo, pois foi para seu sótão e pegou no sono, o que Oliver nunca imaginaria é que seus problemas nunca foram tão grandes quantos os que veriam a seguir.

8. EPISÓDIO: A TORMENTA

Obaid conseguiu abafar a morte de mais de três mil funcionários até porque quem acreditaria que um homem derrubou uma estátua matando tantas pessoas, agora como Oliver não teria nenhuma ligação com um corpo entrando em decomposição atropelado por um carro que esteve minutos antes em seu bar, mas relembrando que suas impressões digitas estavam na grande máquina que o ligava diretamente ao acidente e também ao sumiço dos funcionários, facilmente poderiam manipular as provas e o colocar como único culpado por esses crimes que nunca tiveram uma fácil explicação e logo foi o que acontece, ao acordar percebe da janela muitos carros de polícia próximos, primeiro faziam as buscas dentro da mata para ver se teriam mais vítimas, os policiais só encontram o corpo em uma ronda diurna, pois os corvos dominavam a área se alimentando dos vestígios, o mesmo estava jogado de ponta cabeça nas rochas em meio a densa mata, pela posição que o corpo foi encontrado e a dificuldade de chegar ao local, deu para se perceber que a vítima foi arremessada, seguindo-se pelos vestígios de sangue na parte alta das arvores, Tormento tinha começado cedo a trabalhar e viu quando os mesmo chegaram pela manhã, os policiais perguntavam se sabia de alguma coisa e também pergunta pelo dono do bar, que seria com certeza a pessoa mais provável de ter visto qualquer movimentação suspeita na noite anterior, Tormento não ia os ajudar até porque quando ficou sabendo da morte do rapaz e tinha em mente que com certeza ele poderia ter estado no bar aquela noite, dizia não ter visto nenhuma movimentação estranha e realmente não tinha visto, e sobre Oliver que o mesmo só estaria disponível no bar no período noturno partir das 19h, talvez nem mesmo

Tormento imaginasse que a casa de Oliver fosse seu bar, mesmo assim alguns policiais resolveram bater na porta, e Oliver como estava na parte mais alta resolveu fechar a janela, nunca imaginaria que Americano teria morrido, os Policiais depois de muito chamar resolvem ir embora, Oiras Latia para os mesmo tentando ganhar algumas guloseima, com isso os policiais ao olharem na direção do cachorro, encontram a carteira de motorista do dedetizador caída perto da pequena escada, era bem a calhar um documento perdido perto de uma cena de crime, entram em seus carros e avisam aos outros para que removessem o corpo do local para analises, e saem a busca do dono da carteira por mais informações, com certeza era certo dos peritos virem no dia seguinte para fazer a reconstrução da cena, já que tinha em mãos a carteira de motorista de alguém largada no chão bem próxima a cena de um crime, até porque achar alguém que trabalha na prefeitura e tem residência fixa não seria nada difícil de encontrar, Tormento pela janela conta a Oliver do acontecido, Oliver teve aquela sensação que as coisas iam piorar, se realmente forem refazer a cena do crime o bar ficaria fechado pelo período que eles quisessem e no estado de saúde que estava não podia perder esse tempo, Oj não aparecia mesmo sendo chamado, pede para que Tormento acelere no processo da construção da barreira, seria a única forma de conseguir uma essência e tentar achar sua cura do lado de fora, Tormento logo diz que precisava de ajuda para ir mais rápido, Oliver não poderia sair para o ajudar e logo deixou o papel com todas as medidas e coordenadas a serem realizadas, Oliver não tinha nenhum interesse na construção, só queria poder ajudar Tormento o motivando e assim tendo mais tempo para tentar achar o que precisava, e pede para que o mesmo arranjasse ajuda e que ficasse tranquilo que proveria tudo, até porque; dinheiro era nítido não ser necessário quando há coisas que não podem ser pagas como a vida.

O bar se abre as exatas 19h sempre seguido do estranho som do bizarro relógio, porém muito poucas pessoas foram até o local, entretanto Oliver tem a visita de Tom que sempre ficava com um radinho da polícia ligado em sua casa escutando as frequências que eram passadas, um vício que nunca conseguiu largar e ficou sabendo do acontecido, vindo de longe para dar mais um dos bons conselhos, já no bar passava o acontecido, os policiais iriam no bar conversar com o mesmo, para que ficasse esperto e que não desanimasse, pois conseguiria com fé resolver seus problemas ,um fato estranho que todas as casas da região já tinham sido compradas pela empresa Odnum e o bar era o último empecilho, com movimento muito fraco; somente dessa vez três clientes foram até ali, as notícias ruins se espalhavam rápido e os murmurinhos do outro lado da cidade que aquele lugar dava azar ou era amaldiçoado; e também pelo fato da morte dos funcionários que era como uma fábula, as pessoas não tinha certeza se aconteceu de verdade, somente o incidente com Americano e isso seria o suficiente para fazer os frequentadores perderem o interesse no local. O bar se fechou as 4h da manhã, Oliver colocou a comida para Oiras pela portinhola e foi dormir, de seu quarto olhava como sempre pela janela e mais homens quadrúpedes passavam de um lado para o outro, alguns até mesmo olhavam para dentro do bar e isso antes não acontecia, às 6h da manhã Tormento estava com alguns rapazes novos trabalhando arduamente, Oliver só acordou às 10h da manhã e se assustou com o progresso rápido da construção, o mesmo estava muito fraco e sua visão um tanto quanto estranha, as cores do bar estavam enfraquecidas e apodrecidas como nunca antes, a tinta da parede em muitas partes caia e se desgrudava, o ambiente visivelmente era inoportuno para receber alguém, o fim estava se iniciando, Oliver tinha em mente tentar somente mais uma vez lá fora; claro se tivesse chance. A polícia com muita facilidade encontrou o dedetizador até porque o mesmo prestava serviço terceirizado para a prefeitura e trabalha já há algum tempo para empresa Odnum, segundo o dedetizador o fato teria acontecido logo após o rapaz atropelado ter bebido bebidas alucinógenas que os fizeram sair correndo vendo coisas, os policiais ficam intrigados e resolveram ir até a construção. O horário beirava por volta de 15h da tarde, Tormento estava quase terminando; foram cerca de 120 horas de serviço, os três rapazes que o ajudavam foram o pilar necessário para a proteção do bar, inacreditavelmente estavam pronto, os policiais e os peritos estava junto com dedetizador querendo fazer a reconstituição do ocorrido, porém, ambos tinham algo em comum, trabalham para o Sr. Obaid e depois da ligação do mesmo para os peritos o crime já tinha sido "solucionado", estava certo que essa reconstrução dos fatos iria tomar um novo rumo, Oliver não conseguiria acreditar que já estava tudo pronto:

Oliver

— Você conseguiu (Sentado dentro do bar com uma voz fadigada dizia)

Tormento

— Olha, só reproduzi as coordenadas do desenho que me deu. Não quer vir aqui fora dá uma olhada? (dizia do lado de fora por entre uma das janelas)

Oliver

— Quem são os rapazes?

Tormento
— São meus filhos todos os três.

Oliver
— Parabéns!

No momento que conversavam algumas senhoras se aproximavam e Tormento fica feliz, pois sua esposa veio prestigiar seu projeto juntamente com suas três noras.

Oliver até queria sorrir com a chegada de mais pessoas, porém já não tinha mente nem explicações para esclarecer que o bar estava morrendo junto consigo, como havia ajudado Tormento, esperava um pouco da essência, porém nenhuma formiga a trazia, o copo nem mesmo surgiu em algum lugar, isso não tinha explicação, gritava Oj ainda mesmo sentado e nada, Tormento só esqueceu de um detalhe; colocar a porta. Oliver logo percebeu, Tormento explicava que pelo desenho que fez se colocasse a porta travaria o lugar e não teria como sair; nem entrar e isso não fazia sentido, Oliver simplesmente tinha feito o desenho, mas como faria para fazer Tormento concluir a obra, se a porta estivesse fechada não teria como sair, pois as longas tábuas pesadas e reforçadas eram de madeira da melhor qualidade que poderiam ser encontradas, Oliver só pediu para que o mesmo aprontasse a porta que pensaria em algo, no mesmo momento a polícia, os peritos e o dedetizador chegam no local, todos olhavam aquela construção de madeira que beirava todo o bar, troncos grossos de madeira cravados ao chão, bem amarrados com cordas trançadas, as mesma usadas em navios, mesmo entre as estranhezas adentram o lugar por onde a porta faltava e vão até a entrada do bar. Ainda eram 16h e Oliver nem mesmo se quisesse conseguia abrir a porta, os mesmo pedem para entrar e Oliver dizia não ter a chave, todos entende aquilo como desacato, Tormento continuava o serviço com seus filhos e procurava não se meter, pois o pedido era que aprontasse o mais rápido possível, um dos peritos segura a maçaneta e a tenta girar de um lado para o outro, mas nada, era um descaso não abrir o bar para autoridade policial, porém os mesmo não insistiram muito, entram em seus carros e saem, Oiras saiu correndo atrás do carro como se quisesse morder as rodas do veículo e não foi mais visto, foi estranho os policiais simplesmente teres desistido, alguma coisa estava de errado, as horas se passavam, Tormento estava quase terminando a parte da porta, percebeu vários animais da mata correndo de forma desordenada, e isso chamou sua atenção, já Oliver não parava de pensar porque os policiais foram embora só deixando uma viatura bem ao longe, talvez imaginando que pudesse fugir, mas só tinha um lugar para sair já que as grandes barreiras cercavam todo o lugar, Oj falava por analogias diversas, mas nesses momentos essa ajuda era essencial para resolver seus problemas, o lugar continuava a ruir, alguns bancos caiam sozinhos no chão; prateiras; fotografias despencavam da parede, até mesmo a vitrola desligou mesmo estando ligada na tomada, algo inusitado acontece, a porta do bar que tinha horário cronometrado se destranca sozinha e fica meio bamba, isso nunca tinha acontecido, a visão de Oliver bambaleava e acabou desmaiando, depois de algum tempo é acordado, Tormento o acudia com seus filhos o colocando deitado próximo ao balcão principal:

Oliver
— Que horas são? (ainda meio sonolento dizia)

Tormento

— São 18h58, você desmaiou, assim que vimos você caído entramos para ajudar.

Oliver

— Nossa! eu fiquei desacordado tanto tempo.

Oliver se quer percebeu que tinham adentrado ao local antes das 19h, ficou dois minutos parado olhando o relógio, as exatas 19h a porta sequer se mexeu, um dos filhos de Tormento percebe pelos sons de carros acelerando como picapes, caminhões, motos, junto com uma grande multidão vindo com tochas, falavam alto e uma grande faixa que os da linha da frente carregavam estava escrito:

"EM MEMÓRIA DE NOSSOS ENTES QUERIDOS
NO ACIDENTE DA FENDA"

Outras pessoas carregavam faixas com símbolo da empresa Odnum, Obaid preparou a melhor vingança que poderia, fez uma grande reunião dando seus pêsames em um centro popular, contando que os mais de três mil funcionários morreram por uma sabotagem que foi feita, inclusive seu próprio filho e que como ainda tinham esperança de encontrar os mesmo vivos criaram essa suposta viagem para não aterrorizar os famílias, contou que tudo aconteceu em um ponto de recreação construídos para os mesmo e a polícia já tinha descoberto que Oliver era o responsável pela sabotagem, porque queria ser o único bar recreativo do lugar, as pessoas estavam desoladas, porém Obaid se aproveitando de um momento de fragilidade disse que se a polícia o prendesse não seria o suficiente, então combinou para que todos fossem cobrar a morte de seus filhos e entes queridos antes que a polícia o levasse, também já estava combinado com os policiais do local, que a situação tinha saído do controle e seria uma fatalidade um linchamento popular, e que não tiveram como os conter. Tudo estava organizado de forma diabólica, a multidão passou por cima das máquinas e caminham em volumoso número, entre a multidão se juntavam muitos homens galopantes que corriam com similaridade no meio de tantas pessoas, eram tantos que lembravam um enxame de abelhas, os animais da floresta corriam das matar e pássaros voavam na escuridão, Tormento gritava e Oliver junto com ele para que fechem a porta, Tormento sabia que para que os animais da floresta fugissem a represa estava à véspera de arrebentar, e Oliver gritou por ver a quantidade de criaturas vindo na direção do bar, a porta tinha que ser erguida; ali estava uma roldana similar as que elevavam as grande portas de madeira dos castelos da antiguidade, a manivela também era feita de madeira, porém o peso da porta era tamanha que quebrou a haste descendo a porta novamente ao chão, precisavam de alguma coisa para trava a manivela a cada puxada, algo para alicerçar, Tormento entra no bar rapidamente procurando alguma coisa que pudesse ajudar, encontra o livro negro por entre o balcão, por ter volume de muitas folhas era perfeito, e o coloca por de baixo dos trincos de passagem, os ajudando momentaneamente com peso da porta, giravam a manivela com muito esforço, até mesmo suas esposas ajudavam tentando puxar a corda que alçava a porta, Tormento retirava o livro a cada girada;0 o colocava por debaixo para que a roldana não corresse solta, a multidão em peso chegou exatamente vendo a barreira se fechar, O livro negro foi retorcido e uma de suas folhas se solta sobrevoando contra o vento, ficando grudada nas armações de madeira, a mesma se queima sozinha e a numeração M 24-37-39 ficaram marcadas na parede e um pequeno brilho envolve toda a armação a rodeando, os filhos de Tormento amarram as cordas o mais firmemente que uma pessoa conseguiria para que a mesma não desça, a grande multidão gritava que iria matar a todos que tivessem com Oliver, não poderiam escapar, um dos policiais corruptos estava na frente olhando a grande armação de madeira, as pessoas ali presentes davam passagem para os caminhões que aceleravam seu motores indo em direção a barreira, a mesma não suportaria a pressão dos carros contra ela, fazendo com que as pesadas toras de madeira tombassem para dentro do bar, guiou aquela multidão até ali, o policial deu uma risada por entre o canto da boca, como se aquilo iria segurar e quantidade de famílias dos trabalhadores da Odnum, porém um barulho alto e estranho era soado da mata, não dava para se ver, mas as árvores rangiam, até o dedetizador que estava entre os demais se abaixa e coloca o ouvido no chão escutando o tremor, foram todos surpreendidos por uma correnteza desoladora que arrastava tudo consigo, até as maiores árvores centenárias eram deslocadas do solo como se fossem frágeis folhas de papel, a represa que tanto tempo Tormento anunciava havia se arrebentado, os mesmo que tinham o senso da vingança consigo, mudavam rapidamente seu pensamento para a única coisa que importaria naquele momento; sobreviver, muitos tentavam se agarrar nas toras de madeira, mas brigavam entre si uns tirando os outros que estavam pendurados, não tinha um mínimo de respeito quando se tratava de sobreviver, o som da água chegando trazia o verdadeiro senso do ser humano, outros batiam nas portas tentando usar seus carros como escada para adentrar por entre as barreiras, a água já estava próxima, em segundos tragou todos que ali estavam, Oliver e os outros não tinham nenhuma visão do que acontecia lá fora, só escutaram o enorme Chok da água batendo na poderosa barricada, inacreditavelmente a barreira suportava todo fluxo da água, porém tudo a sua volta era arrancado, a correnteza estava quase passando por cima das barreiras de madeira de mediam cerca de 23 metros de altura, foi a noite mais tensa, todos dentro do bar olhavam uns para os outros sem saber o que fazer, as quebras das ondas que se encontravam com a barreira, dava ciência que a barreira realmente tinha caído. A noite se passou rápido, os grupos de resgate foram acionados e já pela manhã a água tinha se esvaído pela parte do meio da fenda que ainda estava aberta, helicópteros sobrevoavam toda região, e somente o bar de Oliver foi poupado, os barcos de patrulha não conseguiam mais zarpar, pois a corrente da água estava muito baixa, em sequência nunca se viu tantos carros de reportagem naquele lugar esquecido, os policiais de outros condados, bombeiros e paramédicos. A notícia da tragédia e o milagre da sobrevivência do bar estava passando em todos os jornais, a área desse desastre estava sendo mostrado na televisão ao vivo , as imagens do caos, o único lugar como que por um milagre estava de pé foi o bar de Oliver, os grupos táticos da parte nobre já estavam ali, os repórteres mencionavam que era assustador ver o estrago daquelas banda com rumores de acidentes contínuos, mais uma vez entrava para as notícias, agora não só como um boato de terror, mas sim um caso verídico, o helicóptero conseguiu ver os sobreviventes dentro do bar, e como a água já estava num nível muito baixo por volta do joelhos, removiam as placas de madeira que ao certo não sabiam explicar porque estava ali e isso trazia muitas perguntas ao público, o prefeito fez questão de estar ali presente, seria mais uma forma de se promover, os reportes só   sabiam o apelido do responsável pelo bar Melancolia, porque a mesma senhora que tinha ligado para o dedetizador ao ver a onda chegando conseguiu fazer uma última ligação avisando a central de emergência, talvez se a mesma não tivesse parada olhando para trás com telefone na mão enviando as imagens teria sobrevivido, foi o primeiro corpo a ser encontrado, totalmente irreconhecível, despedaçado como se esfarelasse o sal em um tigela de água, pelo grupo de apoio terrestre boiando próximo ao local, os agente não tiveram trabalho para remover a porta da barreira, pois a mesma se solta sozinha caindo para o lado de fora, assim que o nível da água tinha cessado, os mesmo adentraram no local, mais repórteres chegavam, alguns curiosos que vieram de muito longe para ver o acontecido. Os três policiais que tinham feito a ronda pela primeira vez estavam ali e o sargento foi o primeiro a entrar, o prefeito que queria fazer uma média como se estivesse preocupado com aquela região esquecida até então, desce sendo carregado por seu assessor; a cadeira de rodas quase atolava na lama, procurou logo dar entrevista para os repórteres mais importantes; começava seu discurso, porém fica em silêncio a ao ver o primeiro sobrevivente do bar, reconhece Oliver imediatamente só de vê-lo pela janela e pede para que os policiais o prendam, todos ficam sem entender, Oliver estava muito fraco e nesse momento o relógio bizarro dá um último soar e cai da parede se esfarelando no chão como areia, Oliver não tinha força para resistir a prisão e sabia que ao sair seria o fim de tudo, ninguém entendia nada, até o prefeito contando que o sobrevivente da enchente era nada menos; nada mais que Oliver o fugitivo que havia lhe deixado há anos atrás paraplégico, como todo furo de reportagem cada emissora aumentou muito mais o caso, em alguns noticiários estavam passando como se fosse um serial killer que se escondeu para continuar praticando crimes no interior da cidade, Oliver relutava para que o deixasse quando é arrancado a força passando pelo buraco da porta; fecha seus olhos, era como se tivesse se despedindo, ao passar do local e ser colocado na parte de trás da viatura com pés sujo de lama esperando seu fim, porém nada acontecia, seu corpo não estava gelado, seus pequenos tremores nas mãos haviam cessado, na verdade nunca se sentiu tão bem em toda vida, nada de dores, tudo sumiu de uma única vez, o carro o levava para parte nobre da cidade aonde viveu toda sua vida, consegue se mover sem nenhum problema mesmo com todo mundo caindo encima de sua cabeça, conseguiu dar um meio sorriso, mas quando o carro de polícia se afastava e ao longe via seu bar cada vez menos, era o início de um problema que não tinha controle; ficar atrás das grades.

9. EPISÓDIO: O JUIZ

Com a influência sobre a polícia, Obaid conseguiria facilmente lhe colocar a pena máxima: a prisão perpetua. Isso sem falar no real motivo por qual estava sendo preso, que era o fato de estar foragido a tanto tempo, as leis ali são cumpridas no rigor da justiça e seria difícil conseguir escapar, ficou detido somente um dia na própria delegacia, e seu julgamento foi marcado para manhã seguinte dado a situação política envolvida, o caso mais esperado no jornal, os policiais logo ao amanhecer o levaram para o local do julgamento na parte nobre da cidade próximo a prefeitura, ao sair do carro viu a cara da população curiosa que lhe olhavam com cara de desprezo, Oliver se lembrava que em toda sua vida passou por isso e a única pergunta que suava junto consigo; aonde estaria Oj?

Não tinha como tudo ter sido um delírio de sua cabeça, mas a sensação de ter voltado para o mundo real se assimilava a tomar do mais amargo vinho, que se tivesse a possibilidade preferiria nunca provar, sua audiência era o que mais todos aguardavam devido a toda polêmica de milagre e crime, e acusações das pessoas mais importantes. Sentou no banco do réu, o advogado público que foi indicado para defender seu caso tinha sido encaminhado pela própria prefeitura, e tendo em vista que o prefeito era que lhe acusava, já dava para imaginar o nível do advogado de defesa, um jovem gordinho todo atrapalhado que passou na nota mínima para virar advogado, já o prefeito Claus tinha advogado de pedigree com doutorado na área de processo criminal, era nada menos que o próprio Senhor Obaid, e foi assim que conseguiu tanto dinheiro para ter tanta influência. O Juiz demorou um pouco mais que o comum, Oliver via o nervosismo do seu advogado que ao cumprimenta-lo tirava os documento de defesa de sua bolsa tremendo muito, e com isso acabou largando o celular encima da mesa com um vídeo aberto no YouTbe como defender um criminoso em audiência pública, Oliver coloca a duas mão algemadas em sua testa e ficava falando com sigo mesmo como se tivesse fazendo uma prece, no exato momento o homem branco muito gordo, tão gordo que seu queixo e pescoço eram separados por uma papada como de um peru de natal, limpava o resto de alguns farelos de biscoito de sua barba enquanto subia para presidir a sessão, aquele nada mais era que um juiz leigo (substituto) que adiantava o processo judicial para ganharem tempo, pois o Juiz titular estava em outra audiência no mesmo momento, todos assim permaneceram sentados, o juiz leigo pedia de cabeça baixa lendo toda a documentação para que o advogado de acusação inicie a pauta, e o mesmo não perdeu tempo:

Obaid

— Senhores como podem ver está aqui um homem que empurrou o prefeito Claus há mais de 10 anos da escada, isso foi o início de sua vida pregressa assim o deixando paraplégico, imagine vocês senhores, sem ter o direito de andar, ser retirado de forma tão inescrupulosa e vil, o fato de um pai de família deixar de ser o protetor da casa e virar o protegido, imaginem vocês senhoras, como seria tomar o lugar de seus maridos com mais a responsabilidade que lhe é imposta, o Sr. Claus é uma exceção dentro de várias, mas quero lhes perguntar: quanto mais casos como esse deixaremos acontecer? Será que alguém pode lhe tirar algo de mais importante e fugir ganhando a vida, enquanto você sofre por esse mau?

O advogado de acusação tinha uma excelente didática e comovia os jurados, que chegavam a suspirar da forma que ele vitimizava mais a situação colocando prefeito Claus como um pobre homem amargurado pelos pesares que a vida lhe trouxesse, os jurados olhavam para Claus e não apresentava ser homem frágil, semblante severo, mas forçava um pouco o rosto tentando mostrar um pouco de vulnerabilidade, o desejo de vingança para com Oliver estava ultrapassando o bom senso, após o advogado de acusação terminar o seu relato, foi dado a palavra para o advogado de defesa de Oliver e como normal em todo julgamento o Juiz confere o registro de advogado do mesmo antes de lhe ceder a palavra, Oliver só conseguia ficar de cabeça baixa somente esperando a sentença, para piorar seu advogado gagueja até mesmo para falar sua numeração, mas ao ser averiguado seu número de registro nos altos, algo estava muito errado, ele era um advogado novo sem nenhuma experiência e pelo jeito sua matricula que era para ter sido lançada um dia antes da audiência, acabou não acontecendo por algum problema no envio dos correios da prefeitura e com certeza pela risada discreta que Claus dava cutucando Obaid, ficou claro o porquê do documento não ter chego.

— Senhor advogado de defesa, infelizmente sua inscrição na ordem dos advogados não foi lançada, realmente você tem a formação, mas seu registro não foi homologado na data prevista, infelizmente para essa audiência você não poderá participar, darei um recesso de 15 minutos para que o acusado possa ligar para algum advogado (dizia o Juiz em tonalidade irreversível)

O advogado de acusação ficou nitidamente incomodado e levantando o dedo fez um questionamento pedindo que a sentença fosse logo aderida, pois todas as provas em vídeo estavam anexadas, O Juiz ajustando um pouco o óculos ao seu nariz com o indicador fala com tom mais áspero batendo o Martelo firmemente na mesa, e repetindo a mesma frase:

Ingratidão por Gratidão

— Recesso de quinze minutos!

Oliver ficou do lado da sala de julgamento, nem celular tinha para ligar, seus clientes mais próximos acompanhavam tudo como meros espectadores, pois graças a Deus terem sobrevivido simplesmente pelo fato de não estarem ali no dia do incidente, em tais circunstâncias nunca lembraria de advogados que tinham; mas eram de muito longe, não daria tempo dos mesmo ir até o local em tão pouco tempo, era frustrante essa sensação de sequer ter direito à defesa. Os quinze minutos se passaram, todos voltaram e se acomodaram em suas cadeiras dentro da sala de julgamento, Oliver voltava a se sentar de costa para os demais da sala, na mesma cadeira aonde milhares de criminosos foram sentenciados, o fórum ao qual foi encaminhado tinha um histórico quase inexistente de absolvição, até mesmo para casos mais simples, as pessoas daquela cidade pareciam clamar por justiça, agressão física seguida de ocultação de cadáver, fuga da justiça, coação de policiais, falsidade ideológica, Oliver sentado voltava a cruzar suas mãos algemadas, enquanto já se imaginava preso, o caso estava tão sério que conseguia ouvir os jurados pedindo pena de morte, somente o corpo de Oliver estava no local; sua mente vagava em algum outro lugar buscando paz para todo esse azar e injustiça, acabou não percebendo que todos se levantaram em revência ao Juiz titular do julgamento que estava na sessão, a tristeza tomava conta do seu coração e algumas lagrimas caem por cima da mesa, O juiz para bem ao seu lado, Claus ria ironicamente, pois seria chamado atenção pela falta de revência com o Juiz, porém o mesmo tira um lenço de sua vestimentas e oferece para Oliver, a primeira coisa que conseguiu ver foi o sapato que estava na altura de seus olhos, um sapato tão limpo que poderia refletir as estrelas se estivesse numa noite a céu aberto, Oliver já tinha visto esse sapato em algum lugar, logo eleva seu rosto, era ninguém mais que Dr. Aflaagemo.

— Tudo bem Oliver? (Dizia Aflaagemo)

Oliver fica feliz por ver um rosto conhecido; o que o mesmo fazia ali? Tinha tanta coisa para pergunta, mas não seria o momento propicio, uma pergunta que nunca saia de sua cabeça: Será que Aflaagemo tinha noção do cartão que lhe deu se sabia o que acontecia com as pessoas que aceitavam aquela ajuda? Mas sua mente volta rápido para realidade notando que somente ele estava sentado ali e que todos o olhavam. Claus acha estranho Oliver não ter sido advertido, Aflaagemo deixa o lenço com Oliver e se dirige a tribuna, e se senta na cadeira para presidir a sessão, Oliver não consegue entender nada, o Juiz Aflaagemo daria continuidade a seu processo:

Juiz Aflaagem
— Senhor Oliver, cadê seu advogado?

Antes mesmo que pudesse responder em meio esse turbilhão de informação, uma pequena formiga dourada passa por cima da mesa, uma voz ao fundo é soada.

(OJ)
— Desculpe senhor! me atrasei em alguns minutos...

Claus se pudesse se levantaria naquele momento, o Senhor Obaid se incomoda com a presença do mesmo, Oj entrava com uma pasta preta em mãos e pedi para o Juiz se poderia anexar ao processo, o Juiz aceita o pedido, Oj se sentar bem ao lado de Oliver nas típicas cadeiras amadeiradas, sussurrando em seu ouvido: — coloque seu contrato dentro desta pasta; Oliver tinha pedido para os mesmo deixasse com o contrato, pois a tinha se acostumado com o fato de proteger, os policiais não dava a mínima para ele querer ficar com papel já que seu caso seria impossível de se reverter, e assim o mesmo sem questionar fez, Oj levava a pasta até o Juiz e o entregava, senhor Obaid levanta a mão no sentindo de questionar o ato que estava acontecendo:

Obaid

— Mas quem é esse homem?

OJ

— Sou advogado do Sr. Oliver

Obaid

— Então cadê sua ordem dos advogados?

OJ

— Ah, mil perdões! A numeração é S 140-12-13.

Senhor Obaid se revolta, pois a numeração começava em S, somente os mais antigos tinham essa sigla demostrando uma vasta experiência de carreira e isso com certeza seria um problema:

Obaid

— Senhor Juiz, faço um contra pedido para que faça a leitura do processo, pois já estavam em fazer de conclusão dos autos!

Aflaagemo

— Senhor advogado de acusação, pedido negado, o réu tem o direito das provas cabíveis, já demoramos demais com essa audiência, cederei a palavra depois da mostra das imagens. Antes do processo ser concluído, trouxeram as imagens da gravação daquele dia, ao ser exibido o vídeo fica nítido ver Oliver indo pra cima de Claus e o mesmo caindo pelas escadas,

Claus tinha certeza de sua vitória, pois estava nítido a cena da agressão sem contar nos agravantes que seriam provados com depoimentos já digitados dos policiais corruptos, porém em sequência Oj em defesa pede para que o Juiz mostre as gravações de um pequeno pendrive que estava dentro do contrato de Oliver (envelope) que carregava com sigo, o Juiz abre o envelope dourado e pede para que reproduza a imagem no datashow que estava no meio do tribunal, foi mostrado as câmeras do lado interno da sala no dia da agressão, o Juiz nota algo importante e pede para que se de um zoom nos pés de Claus, na exata hora que Oliver entrava e vai em direção de Claus, o mesmo que estava de consta para a porta se desequilibra e cai sozinho, isso no vídeo ficou nítido pelo zoom nos pés de Claus se inclinando para trás com susto de Oliver indo para cima do mesmo, começou um alvoroço dentro daquela sala, os jurados falavam autos todos no recinto conversam entre si, Claus fica perplexo ao ver a cena.

Oj aproveitou a deixa do alvoro e começa a se pronunciar tendo o direito da palavra:

— Senhor pode ser engraçado, mas olhem aqui nos autos, esse jovem estava doente desde muito tempo, e se puderem ouvir esse áudio (o áudio que mostrava a conversa dentro da sala gravado também pela câmera que incitou a revolta de Oliver) deixo uma pergunta para todos vocês agora que estão conhecendo o verdadeiro lado do prefeito: quantas vezes na vida achamos que nunca conseguimos nossos sonhos, mas no fundo isso tem a influência de pessoas que estão acima de nós? Deixo também aqui na tela a data de envio do documento do advogado de defesa, que foi recusado postado nos correios; e quem administra os correios? A prefeitura! Intrigante não é mesmo? Um homem de cadeira de rodas não poderia ter tramado isso, né! Mas vejamos que foi feito uma festa conhecia como bar da fenda e estavam nos auto policiais que não foram entregues, esses supostos rumores são verídicos; agora como alguém consegue um autorização para fazer uma festa perto de uma cratera exposta a céu aberto?

Obaid socava a mesa pedindo a palavra, e era negada por não está na sua vez o direito da fala, e Oj continua:

— Senhores, vejo aqui que colocaram Oliver na destruição de uma máquina industrial de tamanho imensurável; como pode um homem sozinho ter destruído uma máquina a cortando no meio? E o mais engraçado, um funcionário da empresa Odnum sumiu nesse mesmo local; agora por que aquela máquina estava ali? vou lhes mostrar a descrição da máquina, se enquadra como grande máquina de perfuração de solo, então é nítido ver que o rompimento da barreira e a morte das pessoas daquela região se atribui as perfurações feitas no solo de maneira acobertado; e de quem era esse maquinário? Do Sr. Obaid! E quem liberou autorização para tal ato sendo que seria impossível não ver uma máquina desse porte em uma região tão distinta? A prefeitura! Senhores encero a minha fala dizendo que é muito fácil forjar prova para tentar tampar nossos erros e principalmente quando fica nítido uma perseguição a uma pessoa de conduta ilibada que teve sua vida virada de cabeça para baixo, deixo com vocês, a escolha de quem é a culpa da morte de todas essas pessoas.

O Juiz julga mediante as provas e fala com os jurados:
— Há alguém nesse lugar que tem alguma coisa contra esse homem?

O jure popular não parava de trocar opinião em pequenos murmúrios.

Como as provas de documentação eram irrefutáveis, Oliver é absolvido tendo todos os votos ao seu favor e com a medida do Juiz que poderia o sentenciar independente dos votos populares, também julga ao seu favor, agora Claus de acusador virou réu, junto com senhor Obaid. Ver a cena de Claus tentando sair da cadeira de rodas com tamanho ódio e sendo contido pelos policiais, o mesmo gritava dentro do tribunal, a imprensa que transmitia tudo em tempo real, parecia não esperar aquele resultado e como bons acusadores desligando suas câmeras, e logo o recinto ficou vazio com todos saindo, Oliver ainda estava sentado ali meio que paralisado, não conseguia acreditar que foi absolvido, pois a audiência não conseguiu mais ter contato com Oj e nem com Aflaagemo, pois os mesmo saíram da sessão antes mesmo de consegui ir atrás dos mesmos, tinham tanta coisa a falar, tudo estava confuso, porém a felicidade de saber que era livre e que toda essa loucura havia terminado. Os reportes saíram sem o desfecho que tanto queriam, mas precisavam dar sequência para reportagem, então a polêmica é nada mais do que virar os holofotes para cima de Claus, prefeito corrupto depois das fortes provas de corrupção, influencia na polícia, mandos de crimes e etc... Ficaria bastante tempo atrás das grades, assim que for fechados os inquéritos, e assim todos os acusadores de Oliver sumiram, agora nem mesmo sabia para onde ir, estava do lado de fora do prédio, tinha acabado de pegar suas coisas sem algemas nas mãos, respirava um bom ar do lado de fora, carros e mais carros passavam, se sentir livre era algo extraordinário, não tinha ninguém para contar essa loucura até porque quem acreditaria em tudo isso, quando resolve atravessar a rua, um carro para bem a sua frente, acenando, o vidro se abaixa, sendo o mesmo motorista mudo que o levou a casa de Oj, o mesmo estende a mão e lhe entrega um bilhete, e nesse bilhete estava escrito:

"Você tem algumas perguntas e estou à disposição para responde-las, essa viagem já está paga, venha se quiser "

O motorista desce do carro, abre a porta do carona e faz movimentos curtos no sentido de vamos logo, Oliver ainda tinha muitas coisas sem explicação em sua mente: talvez essa pudesse ser a resposta, isso tinha cara de ser coisa de Oj, então não tardou de entrar. A viagem foi bem rápida, o motorista dirigia com maestria, Oliver até queria puxar assunto, mas as mãos do motorista estavam ocupadas no volante, pela tranquilidade da viagem pegou no sono, nem sabe qual foi a última vez que dormiu com um pouco de segurança. O mesmo acorda com barulho da porta se abrindo, estava na frente de seu bar, o grande letreiro escrito ingratidão; algumas letras estavam quase se soltando, mas o bar ainda estava ali, porém o fato de ter saído do bar remetia a morte do mesmo, tudo destruído do lado de fora, paredes sujas e descascadas, como se tivesse sido abandonado há décadas, até mesmo a grama do lado de fora havia secado, mas um fato lhe deixa feliz, Oiras estava ali deitado no meio da sujeira, como se lhe esperasse, essa com certeza era uma boa notícia, inacreditavelmente conseguiu sobreviver a grande enchente, Oliver depois de tudo que passou, tirou os pés para fora do carro e tudo ali coberto de barro, o lugar do lado de fora estava irreconhecível, a sensação de ver o lugar aonde ficou preso tanto tempo, era similar de um déjà vu, o motorista lhe entrega um chaveiro com uma única chave escrito: controle; em seguida o motorista vai embora o deixando ali.

Ficou meio receoso de entrar, pois ficou muito tempo preso ali, a porta estava fechada, mas força a mesma destrancando com o barulho característico, ao flexionar a porta para dentro, a mesma não emitia um único ruído e em segundos fica sem palavras, o bar estava terrivelmente destruído tanto que nem mesmo Oliver o reconhecia; copos quebrados pela metade, mesas que era fixas tombadas pelo chão, o mais bizarro de tudo que encima do balcão foi posta uma infinita quantidade de comida de todos os tipos variados como uma bodas de casamento e copos com vinho. Oliver ficou curioso e logo pegou uma taça de vinho para cheirar, o cheiro era o melhor que já tinha sentido na vida, do seu sótão alguém descia, a primeira coisa foi notar aquele sapato brilhante que mais ninguém tinha na cidade, tão limpo que poderia refletir as estrelas em um dia estrelado:

Aflaagemo

— Olha, não ligue para a bagunça, não arrumei nada por aqui, até porque a casa é sua!

Oliver

— Mas pera aí! Achei que Oj estaria aqui.

Aflaagemo

— Oj? Ah, Claro! Você quer dizer Jó?

Oliver

— Como assim Jó? estou falando do psicólogo que você me indicou, com aquele cartãozinho! Você tem alguma ideia de onde me mandou? O que significa tudo isso? Você não disse que era médico?

Aflaagemo

— Quem falou a você que ele era psicólogo? você precisava de uma pessoa que entendesse de problema, eu o encaminhei a pessoa certa! Quem melhor que Jó que perdeu tudo que tinha para ajudar alguém com problemas?

Oliver

— Isso só pode ser brincadeira! Eu estou te respeitando por ser uma autoridade e ter me ajudado no julgamento, agora não vou ficar com raiva de ter entrado aqui e tal, você deve ter pego essa chave com os policiais que com certeza arrumaram a porta para poder deixar o lugar lacrado, agora está me dizendo por essa descrição que ele é Jó da bíblia? Olha, eu agora tenho a conclusão de que devo estar de coma em algum lugar tendo alucinações, você é um mentiroso, entrou na minha loja se dizendo ser médico, só que na verdade você era o juiz da cidade; de onde você arrumou esse cartão? eu fiquei me perguntando isso, você não tem noção do que passei, eu preciso de respostas, isso não faz sentido algum; que loucura é essa? Oj é Jó, era só o que me faltava, e você para completar deve ser Deus...!

Aflaagemo com único movimento de mão fazia toda a temperatura do ambiente descer, o lugar em milésimos de segundo estava abaixo de zero, as janelas se congelavam e começaram a se marcar como se alguém passasse os dedos nas mesmas, e foi escrito a palavra AFLAAGEMO, quando ao fechar suas mãos as palavras viram ao seu inverso descrevendo as palavras: ALFA e OMEGA (tradução: início/fim)

Deus

— Oliver achas que minto em minhas palavras? Eu sou a própria verdade, o médico com todas as especializações, o médico dos médicos, e sou o Juiz, ou achas que seu caso seria julgado por homens terrenos? Sabe, escuto seus lamentos a muito tempo, até aqueles que não saem por seus lábios, estava perdido em dor e sofrimento, e o sofrimento da alma é o pior de todos, seu bar é como sua mente presa em problemas, sempre observando de fora como deveria ser as coisas, se perdeu a tal ponto que achava que poderia escolher os passos que Deus deveria dar; Quando saiu do lado de fora encontrou algo Oliver? que resolveu seu problema? Sei que a resposta é não! pois não há nada para encontrar lá fora! Todos temos um tempo determinado e devemos lidar com uma briga com relógio; sabe, percebi no seu sorriso quando estava sendo preso que a sensação da liberdade era a melhor que poderia ter, então tive que tira-la para que pudesse aprender a dar valor, viu como até mesmo sendo preso conseguiu entender que há coisas mais importantes? pois para muitos seguir o caminho de Deus é como uma prisão, mas é a visão mais errada que um homem pode ter, muitos Oliver perdem seus contratos, e contratos que fazem comigo, sua própria salvação, mas a todo tempo outras pessoas que já a perderam, tentaram te levar junto consigo, como amizades que te tragam por dentro, não é porque as pessoas não veem as brigas espirituais que significa que elas não existem, vou lhe fazer mais uma pergunta: Como é ser culpado por uma coisa que não fez,? Agora você me entende intimamente?!

Oliver estavam em perplexo em silencio tendo numa espécie choque de realidade, depois de alguns segundos assustado em silêncio, queria de alguma forma ter certeza de que realmente estava falando com Deus e lhe faz uma pergunta que somente o mesmo poderia responder:

Oliver
— Me permite fazer uma pergunta?   (Deus levanta as sobrancelhas junto com sorriso de prossiga)

— Eu nasci e fui criado no evangelho e nunca consegui entender o porquê do sacrifício de Jesus, se você criou tudo; por que sacrificar um filho sendo que você mesmo criou as regras? Não poderia simplesmente dizer ao homem que a partir daquele momento ele teria uma nova oportunidade direta com você?

Deus

— Vou te contar uma história, existia um rei nobre e justo, porém seu reino começou a desmoronar pelas maldades instaurada no lugar, de alguma forma ele deveria trazer a ordem, os casos de roubos eram os mais frequentes dos problemas, então decretou um oficio que a próxima pessoa que fosse pega roubando, teria seus olhos arrancados, a palavra do rei foi comunicada em todas as partes de seu reino, porém certa manhã, foi pego a primeira pessoa que transgrediu a lei, e foram até o rei o comunicar, porém o mesmo não entendeu porque seus servos ao invés de cumprirem a ondem foram lhe avisar, e disseram ao rei quem roubou foi seu próprio filho, a palavra de um rei não podia voltar atrás naquele momento aquele rei tinha agora dois dilemas: Se mandasse executar a lei, as pessoas olhariam como um homem impiedoso, não teve misericórdia nem de seu próprio filho; Se poupasse seu filho, diriam que se fosse o filho de qualquer outro a lei seria feita, o deixando como um rei sem palavra e a palavra de um rei não poderia ser quebrada; Então o rei se levantou do seu trono e disse: Se a lei pede dois olhos assim será feito, podem arrancar os meus. Oliver se você não passar as mesmas coisas que alguém, nunca será digno de dizer sobre tal fato, podes eu hoje dizer que entendo seu sofrimento se estivesse como vós, senti na carne tudo que vocês sentem.

Oliver mesmo surpreso não deixou de questionar, a dúvida continuava sendo sua amiga:

— Mas se você é mesmo Deus por que não fala com as pessoas? Por que não deixa elas te ouvirem ou te verem?

Deus

— Você ouviu as regras que Jó te disse da primeira vez em seu bar, ou preferiu fugir para fora com medo do desconhecido? Ou só acreditou depois de ter visto o mau de perto? Se eles não acreditam nos ensinamentos dos vivos, imagina se eu trouxesse os mortos para pregar a minha palavra, alguns veem pelo amor e outros pela dor Oliver, sei que tens muitas dúvidas, Jó te ofereceu os três por quês, se deseja aceita-los tirará suas próprias conclusões da vida, use chave do tempo com sabedoria você teria três oportunidades somente, ele te acompanhara em sua jornada.

Jó aparece ao lado de Oliver colocando as mãos em seu ombro, Deus cria uma porta com luzes tão fortes que era difícil manter os olhos fixamente, Jó adentra o portal e Oliver somente passa pelo mesmo, pois Deus passava segurança em suas palavras: "tire suas dúvidas filho".

Então em algum lugar impossível de ser descrito, sem paredes ou tetos, somente algumas portas suspensas:

Jó

— Oliver a partir de agora responderei suas perguntas, escolha qualquer uma das portas, use a chave e passe por ela.

Oliver olhava cada uma de perto, todas pareciam iguais com pequenas distâncias que as dividiam, escolheu a terceira, usa a única chave que tinha em mão escrito controle e só poderiam estar falando dessa chave, a porta se abre no corredor e adentram por ela, surgem em um parque infantil ao lado de uma criança que tinha nove anos de idade, a mesma mendigava, um empresário bem-sucedido passava por ela e a criança vai até ele:

— Tio pode me ajudar? Estou com fome!

Empresário

— Cada um com seus problemas, eu também tenho os meus e sai daqui de perto de mim!

Era triste ver um ser humano recusar ajudar a uma criança, Jó cria uma fenda e adentra; Oliver o segue, agora os mesmo estavam em um pronto socorro de um dos hospitais mais caros da região, ninguém os via, ali estavam como fantasmas, tinha homem orando a Deus que o ajudasse em seus lamentos, Jó agora representava o anjo que encaminhava os pedidos a Deus, Oliver ao chegar perto do leito vê o mesmo homem, que na praça recusou ajuda a criança, e Jó pergunta a Oliver:

– O que acha que seria o certo a se fazer? Aceitar o pedido de uma pessoa que não teve misericórdia ao seu próximo?

— Vamos me responda o que devo fazer?

— Recebo o pedido desse homem, se eu aceitar estarei . dando ao um homem mau uma nova oportunidade, e isso é o que as pessoas esperam que Deus faça, que sempre aceite seu lamentos, mas aos olhos dos homens estaria fazendo errado, pois como ajudar alguém que não teve piedade, o que seria o certo a se fazer Oliver? Você decidira! O que disser será feito. Oliver deveria decidir antes que o médico do hospital o retirasse da máquina.

Naquele momento chega o laudo definitivo do homem, e só Deus poderia mudar o laudo se removesse o mau daquela pessoa antes do veredito, pois nem mesmo o empresário sabia o que tinha, somente foi levado ao hospital às pressas,

Oliver resolve então dar uma nova oportunidade, porque se lembra que também teve uma oportunidade. Então Jó com a permissão que tinha naquele momento estende as mãos por cima do homem acamado e retira todo o mau que o subjugava, mais uma fenda é aberta, Jó passa por ela e Oliver junto com ele.

Depois de passarem pela fenda acabam na casa de uma senhora, a mesma passava vários problemas financeiro por não ter condições de pagar a hipoteca de sua casa a mesma iria entrar em leilão, ela olhava seus filhos nos olhos e dizia que hoje conseguia trazer alguma coisa para casa, pois já há dois dias somente tinham água em sua geladeira para beber, a mesma se arruma, só Deus sabe como aquela mulher conseguiu chegar no endereço da entrevista, usou único dinheiro que tinha com fé, pois havia esperança em seu coração de conseguir passar nessa entrevista para conseguir mudar o quadro ao qual estava.

Já na sala com o empresário o mesmo o olha de cima a baixo com roupas simples e a reprova sem sequer poder ver suas qualificações, a mesma em um gesto de desespero se humilha na frente do empresário se tacando de joelhos ao chão, o homem não esboça nenhuma piedade, Oliver e Jó só escutavam a conversa dos mesmos, em um sala ao lado, ao passarem para a mesma sala, Oliver percebe que homem que tinha salvado a vida era o mesmo que se recusava ajudar a senhora desce desiludida; caia uma longa chuva, a mesma por não ter dinheiro para pegar um ônibus tenta pedir carona, mas as pessoas se recusam a ajudar, então sem alternativa anda quadras e mais quadras. Depois de um longo tempo chega em sua casa, seu filho sentia muitas dores por estar com fome, já tinha tentado pedir ajuda aos vizinhos, mas o coração das pessoas estavam endurecido e muito a chamavam de preguiçosa que não queria arranjar um trabalho a viver das custas dos mesmo, mas a realidade não era essa, a mesma ao ver seus filhos aos prantos, abandona sua fé por alguns minutos e resolve dar cabo de seu sofrimento, se jogando a frente de um carro que passava na beira da estrada de frente a sua casa. Oliver estava acompanhando tudo de perto quando a mesma se joga e a tenta segurar, mas como espirito seus braços passaram por entre ela, não conseguindo deter o acontecido, pois estava como um mero espectador.

Agora uma porta se abre Oliver não conseguia ficar olhando para cena, somente se lembra do rosto do menino de apenas cinco anos que chega em seu portão e vê sua mãe coberta por um plástico no meio da rodovia, Oliver passa pela porta e volta para aquele mesmo parque que apareceu na primeira vez, e novamente ao lado do menino de nove anos, mas quando o menino tira o capuz para beber água de uma possa que tinha se acumulado ao chão, consegue percebe que era o mesmo menino que havia perdido sua mãe no acidente, Oliver iria pedir a Jó que chamasse a Deus porque queria indaga-lo o porquê disso:

Oliver

— Deus o que está acontecendo? (com lagrimas nos olhos)

Deus

— Foi a simples consequência da sua escolha (Deus atendia seu pedido e aparecia ao seu lado)

Oliver

— Mas como assim? Eu não entendo.

Deus

— Oliver eu te mostrei o futuro e você alterou o presente, quando você salvou a vida daquele homem e ele em poucos dias ganhou a promoção na empresa, fez a entrevista com aquela senhora, lhe recusou uma oportunidade mesmo tendo passado muito tempo acamado, e por conta disso, fez com que esse menino vivesse na rua, pois se ele tivesse dado aquela oportunidade para a mulher não a julgando à primeira vista, hoje esse menino não estaria órfão e nessa situação, não foi eu que escolhi isso; foi você! Agora esse menino vivera as consequência de seus atos.

Oliver
Mas como ninguém faz nada para o ajudar?

Deus
— Ninguém? quantas pessoas você vê nessa praça? muitos culpam a Deus, como se a fome da humanidade fosse sua culpa, Deus traz em sua mão uma fotografia que tinha no mural de seu bar, a foto de uma criança cadavérica em um lugar muito pobre na África, e uma imagem muito conhecia, por todos em livros de história e pergunta a Oliver, será que antes dessa foto ser tirada o fotografo que viajou até lá alimentou essa criança ou somente publicar seu sofrimento? Oliver a humanidade cobra a Deus coisas que eles mesmo podem fazer, se alguém está com fome; Quantas pessoas cada um desses que passam alimentaram no dia de hoje, quando a mãe desse jovem foi atropelada naquele ano? Os primeiros a verem a cena ao invés de ajudarem, pegaram seus celulares para filmar, a mesma ainda estava viva, se o tempo que quisessem perpetuar a desgraça, poderiam ter remediado a vida da mesma, pois ainda havia tempo, mas muitas das veze só encontravam ajuda quando é tarde demais.

Oliver estava se lamentando colocando as mãos na cabeça, via o menino mexer em restos do lixo enquanto pessoas e mais pessoas passavam pela criança a julgando, alguns diziam cochichando que deve ser um drogado ou ladrão para estar na rua e que tinha culpa lhe batendo como uma adaga em seu peito.

Oliver foi trago por Deus para o local aonde todas as portas estavam:

Deus

— Oliver uma porta já se foi, você ainda tem duas oportunidades, um dos seus porquês acabou de ser utilizando.

Jó os deixava, pois daqui para frente seria só Deus e ele, Oliver ainda estava intrigado com acontecimento, não parava de pensar no garoto o corredor das portas estava ali, todas as portas eram iguais, mas se lembra que tinha aberta a terceira porta do lado direto e resolve entrar pela mesma porta e assim o fez.

Novamente voltou a cena ao qual o mesmo empresário se recusando a ajudar o mesmo menino, Oliver não tinha certeza se a chave do tempo poderia lhe fazer voltar ao mesmo lugar, mas preferiu tentar. Após a cena, um portal aparece do lado de Oliver como da primeira vez e adentra por ele junto com Deus, os mesmo voltavam para o quarto de hospital aonde o mesmo empresário se encontrava, porém dessa vez Deus repetia a mesma frase:

Deus

— Oliver o que deve ser feito aqui? Deseja que esse homem seja curado? Tem até o médico imprimir o documento para me responder (Oliver ficava em silêncio); Então o mau continuará sobre esse homem dessa vez, a escolha e sua! (Oliver se mantinha quieto) e assim foi feito.

O médico tirava o exame da máquina e infelizmente a doença que o empresário tinha já estava em faze terminal, somente teria no máximo alguns dias de vida, então uma porta se abre ao lado de Oliver e entra por ela junto com Deus, o mesmo empresário estava em sua sala e já tinha o resultado dos médicos que fazia o refletir sobre o que adiantou todo o seu dinheiro se esse mesmo não poderia o salvar? Queria por algum motivo fazer algumas coisas boas antes de sua partida.

Foi liberado para casa, não tinha o que se fazer, o empresário se dirigiu a empresa ao qual sempre trabalhou, estava quebrantado e refletia toda sua vida, encima de sua mesa estava a tão sonhada promoção, mais uma das demais que sempre conquistou passando por cima de pessoas e fazendo sempre o mau, olhar aquele papel lhe remetia um grande arrependimento, como de costume a empresa ao qual trabalhava sempre marcava entrevista com pessoas assim fazendo o promovido exercer seu novo cargo como um rito de passagem para sua nova oportunidade, assim podendo dar novas oportunidades para outras pessoas que iriam começar no mesmo seguimento, nesse mesmo dia tinha algumas entrevista marcadas, mas por não estar se sentindo nada bem resolveu ajudar a primeira pessoa que aparecesse no prédio, somente uma.

Oliver via a mãe daquele menino entrando pelas portas da empresa e sendo a primeira a chegar, foi na verdade muito bem recebida pelo senhor e inacreditavelmente foi contratada, agradeceu muito e disse que Deus te abençoe, aquele empresário não conhecia Deus e ficou com a frase da Sra. em sua mente, fazer uma boa ação o fez se sentir bem. A Sra. nunca mais se esqueceria daquele nome daquele empresário na placa que era um tanto quanto diferente, saiu da empresa e caia uma enorme chuva, mas a mesma estava muito feliz e a fome não perecia ser mais um problema, pois ouve uma luz no final do túnel.

Chegou em casa abraçou seu filho o levantando e girando no alto, Oliver estava do lado da cena acompanhando tudo junto com Deus e mais uma porta se abre, Oliver passar por ela junto com Deus, pelas fotos dos porta-retratos que estavam na casa do empresário que dava a notícia de sua doença terminal, uma pequena garotinha via sua mãe chorando desesperadamente ao saber que seu esposo estava desenganado pelos médicos, o empresário em seu leito de morte teve a visita de um amigo que era pastor, lhe falou sobre Jesus e o mesmo resolveu aceita-lo, naquele momento e quase em sequência no leito, após dizer sim veio a falecer, a sua filha pequena que olhava a cena que tinha doze anos, tomou ódio de Deus naquele momento por ter levado seu pai, Oliver vira o desespero com os gritos que a menina dava por cima do corpo de seu pai; e mais uma porta se abre, Oliver estava numa casa pobre e não reconhecia o lugar, mas alguém abre a porta daquela casa, uma mulher de por volta de trinta e dois anos de idade, junta moedas para comprar o pão e dizia sozinha olhando uma foto:

— Pai se você estivesse aqui nós não estaríamos passando por isso (Oliver ao se aproximar via foto do empresário)

Vinte anos haviam se passado, após sua morte a família não conseguiu manter sua boa casa e os padrões de vida que tinham, como sua esposa só cuidava do lar e não tinha tido experiências de trabalho, nem capacitações, isso fez com que não conseguisse empregos formais; foi vendendo tudo que tinha para tentar seguras as contas, quando não conseguiram nem mais segurar a hipoteca da casa, acabaram parando em um bairro pobre, passando por grandes necessidade, antes que a menina juntasse as últimas moedas para comprar pão acaba desmaiando e levada as presas para um dos hospitais da cidade, porém sua mãe não tinha dinheiro nem mesmo para pagar os remédios que eram absurdamente caros, os médicos diziam que a única oportunidade que aquela menina tinha, pois pelo histórico de família, aquela era uma doença que afetava todo sistema linfático e deveria ser operado por um médico com especialista nessa área.

Oliver estava desolado vendo toda a cena e não sabia mais como agir, acompanhou vendo a mãe da menina indo até o prédio aonde um dos melhores médico especialista na área atuava, porém os seguranças do local perguntavam se a mesma tinha convênio, pois era um hospital para pessoa com bom porte financeiro, e a sequer receberam, a mesma ficou jogada na porta do local clamando por piedade, entretanto estava ali quase como uma fantasma.

Depois de algum tempo resolveu voltar para sua casa, a mãe da menina catou as moedas que sua filha deixou no chão da sala e foi até a padaria comprar pão para sua filha, o que ela mais gostava, tendo a certeza em seu coração que a mesma melhoria e acordaria desse pesadelo, na verdade a senhora já estava sem paradeiro andando desolada de um canto a outro, Oliver já tinha visto esse olhar nos olhos da mãe do menino, e como espirito ali presente; olha temeroso a mesma atravessava uma estrada com muitos carros, porém consegue mesmo andando distraída atravessar orando a Deus em lagrimas, pedindo que Deus pudesse fazer um milagre para que sua filha pudesse ser curada.

Ao chegar a padaria aos prantos, um jovem de aproximadamente vinte e cinco anos que estava naquele local bem humilde tomando seu café vê a mulher sentada a mesa aos prantos e pergunta o que aconteceu, a mesma conta toda a história, que si quer deixaram ela falar com o cirurgião, o mesmo disse que tentaria a ajudar, pois por sorte trabalha no mesmo prédio, pedindo para que a mãe deixe com ele algum documento de sua filha, para que possa interpelar por ela, ao pegar a identidade da menina, pede a mãe para ir no dia seguinte, e assim o fez.

No dia seguinte a mãe chegou no prédio e foi recebia pela recepção, lhe deram algumas folhas para assinar da transferência de sua filha para o hospital, a mãe da menina ficou surpresa, aquele jovem rapaz conseguiu pedir ajudar em um lugar tão caro. Após a transferência de sua filha para o lugar, ficaria marcada a avaliação de sua filha para o dia seguinte a mãe queria agradecer o jovem rapaz, porém ao falar com a atendente, ninguém sabia identificar que rapaz foi esse que ela conversou no dia anterior.

No dia seguinte pediram a mesma que fosse a sala aonde sua filha estava, quando chegou no quarto de hospital sua filha já tinha sido operada e a cirurgia foi um sucesso, a mãe agradecia a Deus por um milagre e vê em um dos quadros pendurados, a foto do médico responsável pela operação, e Oliver se surpreende junto com a mesma; a foto era do rapaz que foi a padaria, a menina ao abrir seus olhos vê o Dr. perguntar como ela está, a mesma não se lembrava de nada, pois ficou entubada todo esse tempo e o médico veio agradecer pessoalmente:

Ingratidão por Gratidão

— Talvez você não saiba, mas seu pai há anos atrás, contratou minha mãe, que era uma mulher pobre que vivia no mesmo bairro aonde hoje você vive, por um destino sentia saudade e resolvi tomar café na mesma padaria que há anos não visitava, pois foi o lugar aonde nasci, se seu pai não tivesse dado a oportunidade para minha mãe eu hoje não seria médico.

Oliver chora vendo a cena e mais uma porta se abre ao seu lado, o mesmo passa por ela e Deus em silêncio junto consigo, voltavam para o lugar indescritível onde estavam todas as portas e Deus mais uma vez lhe dizia:

— Vamos Oliver, você tem mais um por quê, escolha com sabedoria e sua última escolha de entender os por quês da vida.

Oliver pensava muito, só tinha um último movimento de chave e caminhou olhando todas as portas da primeira à última, levou todo tempo que quis, mas uma porta estava diferente de todas as outras, nela estava escrito seu nome "Oliver", porém ao chegar a mesma estava aberta, Oliver olha para Deus e o mesmo lhe pergunta:

— Oliver quer mexer na sua vida?

Oliver
— Eu não preciso disso.

Deus
— Mas por quê?

Oliver

— Porque vou deixar a chave com você.

Oliver estende a mão e entrega a chave do controle na mão de DEUS, entra na porta de sua vida, mas antes Deus sussurra algo em seu ouvido, lhe pedindo para fazer uma última coisa; Olive fica pensativo, mas parece entender, sem questionar balança a cabeça e entra pela porta, o mesmo retorna para seu bar, Deus não estava mais a vista, a mesa ainda estava posta; o bar ainda estava todo destruído. Oliver dobra seus joelhos e agradece a Deus por tudo que tinha feito, por cada ensinamento e pela vida que tem, no meio de sua oração escuta Oiras latindo, se levanta e vai até ao seu balcão aonde a mesa estava posta, pega os mais belos alimentos o coloca em uma bandeja e se aproxima da portinhola, Oiras estava feliz abanando o rabo, porém Oliver joga toda aquele comida no lixo que esta rente a portinhola, assim como Deus havia lhe dito, Jó surge da cozinha e lhe pergunta:

— Por que está jogando toda essa comida fora?

E Oliver o responde:
— Não alimentarei mais o devorador!

O clima no lugar muda, uma densa neblina passa pelos vidros, o cachorro caminha aparecendo por entre a porta principal com um semblante bestial com olhos vermelhos como uma fera, inclina sua cabeça para cima como se quisesse uivar, ali dava para se ver nitidamente o símbolo da empresa Odnum, seu pelo estava todo arrepiado como se estivesse pronto para atacar, continuava dando passos curtos e arrastados como um touro, sumindo da entrada da porta e quanto estava bem abaixo da janela surge a silhueta demoníaca de um homem, a fera com rosto transformado, seus olhos refletiam o inferno em pessoa, o mesmo some dando um rugido como de uma besta e logo após o clima do lugar se normaliza.

Todo o bar começa a se restaurar, cada parte quebrada voltava ao seu lugar inicial, como uma doença que tinha desaparecido por completo sem deixar vestígios, o relógio sobe para a parte alta da parede, tanto por dentro e por fora o lugar ficou como se tivesse sido pintado pelo melhor pintor de todo o mundo, Jó se despedida:

— Então amigo, agora é um adeus!

Oliver
— Não sei como te agradecer, mais uma coisa, o que realmente você é?

Jó
— Oliver sou somente um desejo seu que foi materializado, vim como um anjo da guarda fazer uma missão diferente, Deus tem suas forma de falar conosco e usa de experiências vividas que estão próximas para que possamos nós mesmos encontrar nosso próprio caminho, até porque ficou claro que é mais fácil acreditar nos vivos do que nos mortos, agora tenho que voltar para meu descanso, agradeça sempre a Deus e por você mesmo por se dar uma nova oportunidade, agora deixe-me ir que tenho outros contratos a tratar, mais uma coisa, assim que fechar a porta do bar ela nunca mais irá se abrir, está pronto para encarar a vida lá fora, o paradoxo se encerara aqui, ou sentira saudade de tudo isso, quer um outro contrato? Diga, ainda há tempo? (dizia com tom de brincadeira e seus olhos brilhavam mais uma vez)

Oliver

Ingratidão por Gratidão

— (risos) não meu amigo, só quero um abraço.

Ambos se abraçavam, milhares de formigas saiam do chão entrando junto em um portal que Jó tinha acabado de criar, somem e juntamente com ele.

Oliver dava uma última olhada no ambiente, respirava fundo e saia com a porta se trancando sozinha, um carro de última geração estacionava em frente a seu bar e descia um senhor com roupas de esporte fino:

Senhor

— Olá! Boa tarde, desculpe a pergunta, Oliver é você mesmo?

Oliver

— Sim! Sou eu.

Senhor

— Que maravilha, graças a Deus que esse meu martilho terminará! Nossa, como foi difícil te achar, estou há mais de 10 anos te procurando, só consegui saber seu paradeiro ao te ver pela televisão, vim de muito longe, pois achava que seria impossível te encontrar. Ah, sim! Deixa eu ir direto ao assunto, seu tio avô lhe deixou esse testamento antes de morrer.

Oliver

— Tio avô? eu não imaginava que meu pai tivesse um irmão.

Senhor

— Pois bem, eu te procurei no último trabalho onde esteve, mas soube de tudo que aconteceu, eu te procurei em todos os lugares que possa imaginar, mas vamos sem rodeios, você tem essa herança; é o último parente vivo, prometi que só poderia abrir o testamento em sua presença, preparado? Te juro que estou mais curioso que você, pois o Senhor Otirb costuma ser um homem bem reservado.

Oliver não estava entendendo direito, mas continuou a ouvir, porém quando o senhor rasga o envelope e lê as linhas miúdas, seu semblante muda:

— Nossa! Filho aqui está dizendo que para você receber toda a fortuna de seu tio avô você deveria trabalhar no mínimo um ano em cada função aqui descrita, pois para saber gerenciar uma grande empresa você teria que viver cada função para saber a dor e os pesares de cada pessoa que estaria abaixo de sua liderança. Nossa jovem! Está bem identificado aqui, assim saberia como lidar em cada situação adversa, e como estou te procurando há mais de dez anos, acho que pelo prazo que esse papel se expira não dará tempo, ele só deu exatos onze anos após sua morte para que isso fosse realizado, se não anularia o documento e tudo seria entregue para os fundos de pensões.

Oliver ri meio que sem acreditar e diz para o velho senhor que a toda sua vida trabalhou em vários empregos diferentes, exatamente os mesmos descritos ali, o senhor fica surpreso com a resposta, mas feliz, pois um milagre tinha acontecido, não poderia ser sorte; Oliver sonhava tanto em ser valorizado, mas nunca imaginaria que estava sendo preparado para receber sua herança.

Um barulho como algo tivesse caído é soado, Oliver olha para cima e as letras IN do letreiro caíram no chão escrevendo a palavra:

"Gratidão"

Quinze anos se passaram, um menino sentado na rua chorando por estar com muitos problemas e sem ajuda, um homem bem trajado passa perto do menino, como o garoto estava sentado na calçada com a cabeça inclinada para baixo, só pode ver aqueles sapatos tão limpos que poderiam refletir as estrelas no céu e lhe dá um cartão, segue seu caminho e cantando uma linda canção; o menino olha o bilhete e nele uma casa verde desenhada juntamente com a palavra **"Paradoxo"** com um endereço escrito, ao virar o verso do cartão somente continha um nome escrito: **"Procurar Oliver..."**

FIM

10.EPISÓDIO: LIVRO DAS REVELAÇÕES

Se você está lendo essa parte saiba que contém SPOILER, só continue caso tenho acabado o livro, pois o livro traz uma mensagem individual a cada um, é importante absorve-la antes de fazer essa consulta. Para aquele que não entenderam determinados pontos, as revelações têm esse exato proposito, tudo será revelado em seu tempo.

Em "Ingratidão por Gratidão" todos os simbolismos e explicações subliminares; Esses são alguns dos enigmas que esse livro traz:

O nome Oliver deriva-se de Oliveira, aquele que produz azeite e graça;

O simbolismo do contrato é a sua salvação, você não pode perder;

Senhor Aflaagemo deriva-se do nome Alfa e Omega, traduzido do hebraico como início e fim, a representação de Deus;

Na parte que estão no meio da rua, significa a crucificação. onde Jesus estava ali podendo fazer o bem, porém somente um foi grato reconhecendo que Jesus era sua única alternativa e o outro em poucos minutos depois foi tragado pelo mal;

O simbolismo do mendigo e o cachorro, Matheus versículo 7-5, você nota um cisco no olho do teu irmão enquanto no seu tem uma trave;

Após Oliver dizer uma brincadeira mesmo que baixa para o mendigo, acabou falando de algo que era um dos fatores, pois o mesmo estar na rua e ter sido criado por pais drogados, e isso traz a ideia de nunca lançar uma palavra sem a devida certeza, pois se não ela poderá fazer um efeito destruidor mesmo que essa não seja a intenção;

O mundo ao qual vivem é o inverso da vida, então por isso os nomes codificados de cada um dos personagens;

Quando Oliver começa a sair do bar, significa que quando você resolve seus problemas internos, você consegue ir mais longe saindo de dentro do seu próprio sofrimento e que todo sofrimento é um aprendizado;

O significado do encaminhamento médico estar seco, significa que se você está na direção certa, seus sonhos não serrão afundados pela água, se tiver fé caminharas sobre a água como Pedro caminhou;

O simbolismo do senhor Obaid comprar todas as propriedades ao redor é a pura verdade das pessoas venderem as coisas mais importante que tem, seus conceitos concretos, sua fé, sua moralidade; muitas das vezes vendemos princípios para o mundo deixando entrar coisas que são inaceitáveis aos olhos de Deus, porém não sendo vigilantes nos perdemos em pequenas atitudes, pensamentos e ações;

Significado do pastor ser o único que vê o contrato é porque todo pastor tem sensibilidade espiritual e o fato de ter ajudado Oliver, significa que todo pastor tem a obrigação de encaminhar os servos de Deus ao lugar correto e dar os mesmos como devem seguir seus caminhos;

O sentido de o pastor ir tão longe, era porque devia entrar dentro do íntimo para poder resgatar uma vida;

A neblina representa o sentimento da mente de não estar tudo bem, e sabemos quando alguma coisa não está somente pela sensação do que vemos ou sentimos;

O fato do pastor pegar o contrato significa que é a figura da melhor pessoa a te ajudar com a sua salvação;

O fato dos homens quadrúpedes não verem o pastor, significa que temos inimigos individuais tentando destruir a sua história, e esses quando tem um alvo a ser derrubado eles somente o focam;

O significado do pastor ter o ajudado e somente encontra-lo após pegar no contrato, pois um símbolo de um líder é ajudar o seus aprendizes a seguir pelo caminho correto os ajudando em momentos difíceis, o simbolismo de o pastor interpretar baseado no que os outros estão dizendo como na cena que o jovem faz com as mãos, como se Oliver tivesse bêbado, traz o simbolismo que muitos líderes religiosos escutam o que outras pessoas dizem e tiram conclusões precipitadas de situações que não são tão simples de explicar assim as abandonando em momentos conturbados de suas vidas;

O simbolismo do contrato na lixeira defini que um líder religioso por um erro pode simplesmente jogar fora a salvação de alguém;

O fato de um dos jovens que ficam brincando com o cachorro significa que há pessoas que acham que podem brincar com o Diabo, ele fica numa posição como se não fosse oferecer perigo algum mesmo sendo a pior escolha que podem fazer na vida, lembrando o típico exemplo de uma corda amarrado em um pescoço, porém a outra ponta estaria amarrada em um broto, crescerá devagar, mas quando atingir seu tamanho final a única consequência será seu fim;

A doença de Oliver era retratada com o problema cardíaco que o escritor tinha, porém ao fazer vários e vários exames nunca detectava nada, lhe dizendo que sempre tudo estava bem com sua saúde, a resposta disso é que temos duas escolhas ou fazemos mal para nos mesmo ou usamos como a bíblia fala, é melhor que sofra a nós do que sofrer a obra, essas feridas Deus tratará em particular com você durante toda sua trajetória de vida, usando as pessoas ao seu redor para testar suas fraquezas, vantagens e somente com perdão você se curara;

O relógio feito de cristal acima da parte principal do bar simboliza o tempo que é algo precioso e desperdiçamos como se fosse qualquer coisa recuperável, por isso o elemento de um cristal estranho, talvez se o tempo fosse feito de ouro as pessoas o valorizasse de maneira diferente;

O simbolismo da porta se abrindo em horário diferentes significa as oportunidades da vida que desperdiçamos sempre achando que temos o tempo necessário a nosso favor, até que uma hora o tempo passa e nunca mais poderemos recuperar o tempo perdido;

O terno nos personagens significa as vestes santas, quando um anjo está vestido significa a magnitude da beleza do poder de Deus, quando os demônios aparecem de terno sem cor e desbotado é porque perderam sua oportunidade, e as pessoas que são os cegos de espírito suas roupas rasgadas porque estão perdendo o direito da salvação;

A rachadura no lugar significa que toda vez que você deixa algum problema mal resolvido você começa a ruir junto com sua mente, por isso no exato momento que Oliver cai por cima de sua mente, Oj sempre chama Oliver de ladrão, pois deveria ser sua verdadeira profissão; ladrão de almas, aquele que roubam as almas do mau;

Momento que Oj estava na parte de baixo do bar com livro preto que representa a bíblia e comendo algumas folhas é o simbolismo dele estar se alimentando da palavra de Deus e todo seu conhecimento entrava em sua mente;

Na hora que Oliver defende o cachorro é a simples representação do advogado do diabo, as pessoas tendem a defender aqueles que pronunciam o mau trazendo o mau para perto de si;

Fabrica Odnum significa "FABRICA DO MUNDO" palavra escrita de trás para frente, outro nome também citado no livro "ACRAEON" (NOE –ARCA);

O momento em que Oj transforma seu corpo em uma armadura significa que por mais que você lute, a voz de sua consciência sempre será mais forte enquanto você luta com sigo mesmo;

Na hora que Oliver conversa com cachorro, muitas das vezes é mais fácil dar ouvidos ao lado mau do que a consciência que te acusa e te confronta a mudar;

Quando Oj assopra o rosto de Oliver, significa que quando sua consciência faz as pazes com você, automaticamente você pode dormir tranquilo;

O motivo de Oj estar ali é representar a consciência do anjo da guarda que todos temos, o fato dele poder ser visto significa que sua consciência seria percebida quando você tem convicções sobre algo, ninguém te chamaria para beber sabendo que você não concorda com essa prática em relação a qualquer tipo de vício;

A vitrola é a representação das coisas que mesmo de lugares que não parecem ofensivos conseguem atingir grandes proporções, representa as caixas de sons como tudo aquilo que é de ruir alcançando muitos mais lugares do que coisas boas que são ditas por pessoas;

No final do livro Oliver pedi para que Deus o poupe daquele sofrimento usando a passagem que Jesus pede para que se possível afaste de mim esse cálice. Mateus 26:39;

Na hora do julgamento Oj apresenta o número da ordem dos advogados S 140-12-13:
"Sei que o Senhor defenderá a causa do necessitado e fará justiça aos pobres."

"Com certeza os justos darão graças ao teu nome, e os homens íntegros viverão na tua presença." (Salmos 140:12-13)

Na parte do julgamento aonde Aflaagemo para do lado de Oliver (Apocalipse 21:4)

"Ele enxugará dos seus olhos e toda lágrima. Não haverá mais morte, nem tristeza, nem choro, nem dor, pois a antiga ordem já passou"

O motorista silencioso representa o caminho da vida dos homens, sempre será silencioso como se andassem sozinho por um caminho que a única coisa que tem direito é perceber tudo a sua volta, e sempre será você que escolhe o caminho que deve percorrer dessa viagem, e se tudo der certo no final o preço já terá sido pago por outra pessoa, por Cristo;

A parte que Oliver chega em seu bar e vê comida pronta em cima do balcão feita por Aflaagemo significa que Cristo entra nos corações que estão abertos, desarmados para **Ele**: "Entrarei em sua casa e **cearei com ele**, e **ele**, **comigo**." (Apocalipse 3:20);

Aparte da serpente e dos homens quadrúpedes retrata as brigas espirituais que temos que enfrentar, momentos que parecem que não temos mais alternativa, mas Deus nos livra do laço de morte se tiver a palavra como refrigério para nossa fuga (Salmos 91:3-7);

"Porque ele te livrará do laço do passarinheiro e da peste perniciosa. Ele te cobrirá com as suas penas, e debaixo das suas asas estarás seguro; a sua verdade é escudo e broquel. Não temerás espanto noturno, nem seta que voe de dia, nem peste que ande na escuridão, nem mortandade que assole ao meio-dia. Mil cairão ao teu lado, e dez mil, à tua direita, mas tu não serás atingido."

O fato de Oliver não ter visto a águia que foi lhe ajudar, significa que muitas coisas no mundo espiritual são afetadas mesmo que não consiga ver, se nos baseamos na palavra de Deus.

A essência, muitas vezes os homens usam amuletos para dar força interior para coisas que não precisam, se você mesmo acreditar em si mesmo, será o suficiente, você não precisa de um símbolo, algo que por si só não conseguia te ajudar, para poder trilhar um novo caminho;

O fato de Oj sempre estar na cozinha, simbolizando o preparo do homem, todo homem leva um tempo até estár pronto, e muitas das vezes os elementos da mistura são problemas e adversidades diárias que formam o caráter do ser humano;

O copo de café e representação de que sempre temos que estar cheio do espírito, nunca podemos estar vazios como um recipiente;

A cena que Daoas derruba a estátua do coiote (**Isaías 40:29-31**):

29 - "Ele dá força ao cansado, e aumenta as forças ao que não tem nenhum vigor."

30 – "Os jovens se cansarão e se fatigarão, e os mancebos cairão."

31 – "mas os que esperam no Senhor renovarão as suas forças; subirão com asas como águias; correrão, e não se cansarão; andarão, e não se fatigarão."

O livro tem um teor no início de incerteza e na altura que existe um bicho no forro, as explicações espirituais vão ficando mais forte, Oliver no início das coisas não entendia ao certo o que estava acontecendo e com o tempo foi aperfeiçoando seu entendimento, pois já tinha o dom, isso é igual ao caminhar com Deus, muita das vezes você não entende o início de sua caminhada, mas com o passar do tempo tudo vai ficando mais claro assim revelando seu propósito, só conhece a Deus quem tem experiência com o mesmo. Oliver sempre saia do lado de fora procurando sua cura para preencher o vazio de sua alma, como muitos fazem, porém sem Deus é como se saíssem e esse nunca mais voltassem, não há nada o que encontrar no mundo, pois só Jesus é o caminho, a verdade e a vida;

A representação da senhora que liga para o controle de pragas, são as pessoas que dizem que querem te ajudar, mas suas ações só te geram prejuízos imensuráveis, e quando devolvemos o mal que aquelas pessoas nos fizeram, a sociedade nos olha como errado da história, e só podemos entender uma coisa, devemos controlar nossos problemas internos e nunca deixar que pessoas externas sem nenhum comprometimento com nossa vida entrem querendo nos dar falsas ajudas, essas aberturas são deixadas quando achamos que conseguimos esconder coisas que todos já sabem;

Na cena que encontram um bicho no forro e as pessoas começam a sair, as exatas pessoas que Oliver deveria ajudar, significa que são os exemplos das oportunidades que perdemos na vida, por circunstâncias que não controlamos, nunca se culpe, pois haverá momentos na vida que você perdera oportunidades que são impossíveis de prever, isso faz amadurecer para situações similares que irão acontecer, criando assim uma experiência para que as próximas conquistas não sejam perdidas;

A representação da cena do Americano que sai do bar quando está tudo um caos e ainda por cima foi avisado para não sair, tem o símbolo das pessoas que quando tem problemas acham que simplesmente deve abandonar os amigos e os deixar em situações difíceis que dependem de sua ajuda. Quando sai e tentam algo novo, se arrependem amargamente e assim suas escolhas erradas são irreversíveis não podendo ser mudadas, pois depois que alguém escolhe um caminho sendo avisado, aquele que o avisou não terá o peso por sua escolha;

Tormento só pode ver a criatura no teto, pois o mesmo também era um ser espiritual e somente, pois esse detalhe lembrando que o ambiente dos livros demostrava que só as criaturas mais fortes poderiam ser vistas;

Tom representa o bom conselho que sempre é dado por pessoas que realmente te ajudam a trilhar um caminho, normalmente vem de pessoas que tem experiência com problemas e consegue detectar quando alguém precisa de ajuda;

O simbolismo da Odnum comprar todas as propriedades, porque isso é o que ficará com o mundo, emprego, dinheiro; tudo aquilo que é material, pois isso para Deus não tem a mínima relevância, Deus está preocupado com seu espiritual;

O chaveiro representa o controle da própria vida;

O fato de Oliver voltar e seu bar do lado de dentro estar totalmente destruído, porque mesmo que tivesse resolvido seus problemas externos, os problemas de seu interior ainda precisavam de resposta;

Toda vida se resolve dentro de: porquê?; por quê?; porque? ou por quê?

Em nossa caminhada de vida cristã, estamos vivendo em um mundo que já é do maligno, seremos liderados por pessoas sem liderança, o brilho que há em nós, fará que sejamos perseguidos assim como nosso mestre foi, se formos amados pelo mundo com certeza estamos fazendo nosso papel de maneira errada, mas uma coisa aprendemos com tudo isso; para existir o conceito bom, precisa haver o conceito mau; para desfrutarmos de coisas boas precisamos entender o que são as coisas ruins, mesmo que em nossa vida esperamos que nossa caminhada seja cheia de vitorias, muitos se perdem no caminho, mas como um exemplo real: Jó perdeu tudo que tinha e mesmo assim continuou dando graça. Se você fosse o homem ou a mulher mais rica do mundo e quisesse um verdadeiro amigo, como o encontraria? Qual a única coisa que podemos dar ao dono do mundo? Que já tem tudo! Somente a nossa adoração voluntaria, e assim são as medidas de Deus, ele nos deixa escolher o caminho que devemos seguir, e a decisão sempre será nossa do que queremos fazer com nossas vidas, Deus não é um ditador para te obrigar coisas fora da sua própria vontade, porém você colocaria para morar alguém dentro da sua casa que não gosta de você? O céu tem as mesma regras que se enquadra nesse pensamento, aqueles que tem fé e o reconhece ser o único salvador de suas vidas.

Ingratidão por Gratidão

Quando ajudamos pessoas que passam em nossa trajetória assim como no livro, evitamos que as mesmas sejam tragas pela maré mais forte que podem lhes sobrepor, muitos dependem de nossa ajuda para poder seguir seus caminhos, indo em direção a seus sonhos, e esse poder estar nas mãos de cada um de nós.

Até o próximo livro...